2022年重庆市教育委员会人文社会科学研究"西方马克思主义消费社会理论视角下的菲茨杰拉德作品研究"项目（项目编号：22SKGH424）

菲茨杰拉德作品中的消费社会研究

谭佳◎著

西南财经大学出版社

中国·成都

图书在版编目(CIP)数据

菲茨杰拉德作品中的消费社会研究/谭佳著.--成都:西南财经大学出版社,2024.6.--ISBN 978-7-5504-6228-1

Ⅰ.C913.3

中国国家版本馆 CIP 数据核字第 2024GH2283 号

菲茨杰拉德作品中的消费社会研究

FEICIJIELADE ZUOPIN ZHONG DE XIAOFEI SHEHUI YANJIU

谭佳 著

责任编辑:李特军
责任校对:杨婧颖
封面设计:墨创文化
责任印制:朱曼丽

出版发行	西南财经大学出版社(四川省成都市光华村街55号)
网　　址	http://cbs.swufe.edu.cn
电子邮件	bookcj@ swufe.edu.cn
邮政编码	610074
电　　话	028-87353785
照　　排	四川胜翔数码印务设计有限公司
印　　刷	四川五洲彩印有限责任公司
成品尺寸	170 mm×240 mm
印　　张	9
字　　数	164 千字
版　　次	2024 年 6 月第 1 版
印　　次	2024 年 6 月第 1 次印刷
书　　号	ISBN 978-7-5504-6228-1
定　　价	72.00 元

前言

　　弗朗西斯·斯科特·菲茨杰拉德是美国20世纪早期的小说家，其作品揭示了20世纪初美国社会的消费主义倾向，体现出对传统价值观和美国梦的反思。消费在菲茨杰拉德作品中并不仅仅是单纯的购买行为，而是反映了上层社会的价值观和生活方式。这种奢侈主义的消费不仅带来了诱人的物质享受，也让人们感受到内心的空虚和虚荣，并进一步反映了美国文化与社会的情感困境和精神分裂。菲茨杰拉德的观点与西方马克思主义消费社会理论有着一定的共性，均认为消费主义是一种虚假的表现形式，他们都针对当时社会的消费主义现象进行了深入的分析和批判，并认为这种奢侈浪费和盲目追求物质的现象严重影响了社会的平等和道德价值。他们的作品和理论都关注了人的内心世界和情感价值，强调人的本质和情感不应该被物质追求取代，应该在消费主义的包围中寻找自我，追寻真正有意义的价值。他们的作品和理论都强调了社会文化的重要性，认为物质追求和消费主义不应该成为社会和文化发展的唯一驱动力，应该追求真正有价值的社会和文化价值。菲茨杰拉德和西方马克思主义者的消费社会理论都对当代社会消费主义的影响进行了深入的思考和批判，并提出了寻找真正有意义的人生价值和社会文化价值的建议。他们共同关注人的心灵世界和社会文化的发展，希望为今后的社会发展提供有价值的思考。通过对消费主义、物质文化等议题的分析，可以看到菲茨杰拉德作品中所呈现的人物和现象与现代社会现象有很多相似之处。西方马克思主义消费社会理论为我们提供了从政治学、社会学和哲学的视角来审视菲茨杰拉德作品，并以此理解消费主义的相关问题。因此，运用西方马克思主义消费社会理论对菲茨杰拉德作品进行研究有着重要的意义，可以帮助我们更好地理解现代社会的问题，并在理论和实践上做出更加有意义的探索。

谭佳

2024 年 5 月

目录

第一章　菲茨杰拉德创作背景介绍 / 1

一、菲茨杰拉德生平及作品概述 / 2

二、20 世纪 20 年代的美国 / 7

三、大萧条前夜的繁荣与疯狂 / 14

第二章　西方马克思主义消费社会理论与菲茨杰拉德作品的
研究意义 / 29

一、菲茨杰拉德作品中的消费社会——以《夜色温柔》为例 / 30

二、西方马克思主义消费社会理论概述 / 41

三、西方马克思主义消费社会理论视角下的
菲茨杰拉德作品的研究意义 / 46

第三章　异化理论视角下的作品解读 / 53

一、异化理论视角下的《人间天堂》/ 54

二、异化理论视角下的《美丽与毁灭》/ 60

三、异化理论视角下的《了不起的盖茨比》/ 66

四、异化理论视角下的《夜色温柔》/ 71

第四章　消费符号批判理论下的作品解读 / 80

　　一、消费符号批判理论下的《人间天堂》/ 81

　　二、消费符号批判理论下的《美丽与毁灭》/ 86

　　三、消费符号批判理论下的《了不起的盖茨比》/ 92

　　四、消费符号批判理论下的《夜色温柔》/ 97

第五章　总结 / 103

　　一、菲茨杰拉德作品中的消费异化批判及消费符号批判 / 103

　　二、消费社会理论的发展及演变 / 112

参考文献 / 128

第一章　菲茨杰拉德创作背景介绍

　　弗朗西斯·斯科特·菲茨杰拉德是美国20世纪早期的小说家，其作品中体现出来的奢侈生活和派对文化、财富和社会地位、消费的象征物品、道德的堕落及空虚感、"美国梦"的扭曲等元素，揭示了20世纪初美国社会的消费主义倾向，提出了对传统价值观和"美国梦"的反思。消费主义和贵族主义成为其作品里主要的符号与主题，作品中的派对场景，也是对当时社会浮华生活的描绘。这种奢华和虚荣的消费主义反映了上流阶层的强烈攀比心态。"在消费品生产的投资规模和消费者的欲望之间，一些大企业既不任由消费品的生产碰运气，也不任由消费者有想买多少或想买什么的自由。他们认为，必须不断地刺激消费者的欲望，必须操纵、控制消费者的爱好，并使其欲望、爱好具有可预测性。人被改变成了'消费者'，改变成了其愿望是消费更多、'更好的'产品的永远无知的孩子。"[①] 消费在菲茨杰拉德作品中不只是单纯的购买行为，而是反映了上流社会的价值观和生活方式。这种奢侈的消费不仅带来了诱人的物质享受，也让人们意识到内心的空虚和虚荣，并进一步反映了美国文化与社会的情感困境和精神分裂。上层社会通过财富和地位以及奢侈的消费来表现身份，却看不到人性、情感和真实生活的价值。菲茨杰拉德认为，现代社会的消费主义是虚假和空洞的，它只是一种奢侈和虚荣的表现，而这种表现对于人类的内心价值和现实生活并没有太大的贡献。"人是贪婪的、被动的，且企图通

---

①　埃里希·弗洛姆. 人的呼唤：弗洛姆人道主义文集［M］. 王泽应，等译. 上海：上海三联书店，1991：84.

过不间断的、日益增多的消费来填补他内心的空虚……他好像是积极的、'激动的'，然而在内心深处，他却是焦虑的、孤独的、压抑的、厌烦的（厌烦可以定义为延续性的压抑，这种压抑可以由消费来弥补）。"① 菲茨杰拉德的观点与西方马克思主义消费社会理论有着一定的共性，均认为现代社会的消费主义是一种虚假的表现形式，他们都针对当时社会的消费主义现象进行了深入的分析和批判，并认为这种奢侈浪费和盲目追求物质的现象严重影响了社会的平等和道德价值。他们的作品和理论都关注了人的内心世界与情感价值，强调人的本质和情感不应该被物质追求取代，而应该寻找自我，追寻真正的价值。他们的作品和理论都强调了社会文化的重要性，认为物质追求和消费主义不应该成为社会和文化发展的唯一驱动力，应该追求真正有价值的社会和文化价值。菲茨杰拉德和西方马克思主义消费社会理论都对当代社会消费主义的影响进行了深入的思考与批判，并提出了寻找真正有意义的人生价值和社会文化价值的建议，他们共同关注人的心灵世界和社会文化的发展，希望为今后的社会发展提供有价值的思考。通过对消费主义、物质文化等议题的分析，可以看出菲茨杰拉德的作品中所呈现的人物和现象与当代社会现象有很多相似之处。西方马克思主义消费社会理论为我们提供了从政治学、社会学和哲学的视角来审视菲茨杰拉德作品的视角，并以此理解当代社会消费主义的问题。通过深入探讨这些作品中所呈现的消费文化和资本主义经济体系的本质，可以更好地理解和分析现代社会中的经济与文化问题，为营造可持续和更加公正的社会与文化环境提供参考和借鉴。

一、菲茨杰拉德生平及作品概述

弗朗西斯·斯科特·菲茨杰拉德（Francis Scott Fitzgerald，1896 年 9 月 24 日—1940 年 12 月 21 日）是 20 世纪美国文学史上的重要小说家。他的小说反映了 20 世纪 20 年代的美国文化和社会状况，揭示了人类欲望与

---

① 埃里希·弗洛姆. 人的呼唤：弗洛姆人道主义文集 [M]. 王泽应，等译. 上海：上海三联书店，1991：105-106.

理智之间的斗争。作为一名多产的作家,菲茨杰拉德总共写作了 5 部长篇小说(其中一部在他去世时尚未完成),以及 160 部短篇小说。其代表作包括《了不起的盖茨比》《崩溃》《夜色温柔》等。他的小说普遍反映了美国社会的荒诞和虚荣,对人类欲望和情感进行了深刻的探讨。除了文学创作以外,菲茨杰拉德还涉足音乐、电影、剧本等领域,其作品被多次改编成电影和舞台剧。他的生活并不幸福,他的婚姻多次出现裂痕,他经常热衷于夜间的社交场合和酒精的消遣。这导致了他英年早逝的悲剧结局。1940 年 12 月,他因心脏病发作在好莱坞的公寓中去世。菲茨杰拉德的作品影响了 20 世纪以来的美国文学和文化。20 世纪 20 年代被认为是"爵士时代"。菲茨杰拉德成了这个时代的代表性作家之一,他的小说切入了这个时代的社会、文化和心态。"爵士时代"以狂欢、充满活力的音乐、时尚等为特点。菲茨杰拉德也被誉为"失落的一代"的代表、20 世纪 20 年代美国的文学奖获得者和杰出的编年史家。他是一位杰出的艺人、一位冷静的旁观者,也是一位严肃的观察者。菲茨杰拉德表现得像一位爵士时代的摄影师,记录了当时年轻一代的沮丧、失落以及他们在转型时代对社会愤世嫉俗但又无可奈何。菲茨杰拉德的作品以其生动的描述和对社会的真实记录而闻名,再现了那个时代的社会现实,揭露了 20 世纪 20 年代的美国在表面虚荣和喧嚣下的空虚与虚伪,分析了一代人对美国名利梦想的追求,审视了他们依赖虚假价值观的可悲后果。他的作品描绘了"咆哮的 20世纪 20 年代"的真实历史,展现了豪华宴会、通宵派对的全景,以及一群现代时尚、叛逆的时髦女郎和富有、享乐主义的男孩的奢华生活方式。尽管"爵士时代"已经深深地埋藏在历史中,只存在于人们的记忆中,但菲茨杰拉德作品的读者仍然可以由此感受到爵士乐的节奏,看到那个时代的奢华场景。吴建国说过,只有经得起时代考验的作家才是真正伟大的作家,只有经得起历史考验的作品才是真正的伟大作品。

菲茨杰拉德的个人经历对他的创作产生了巨大的影响。他曾生活在上流社会,深刻地认识到了财富、名誉和权力的虚假。同时,他的家庭生活也影响了他的创作。他的母亲是一位精神病患者,这也反映在他的作品中,如《了不起的盖茨比》中的黛西与她虚荣、空虚的生活。此外,他经历了第一次世界大战和经济恐慌时期，这些都对他的人生经历和思想态度产生了深刻影响，他的作品反映出他对人性、社会和文化的深刻思考与探讨，塑造出了独具特色的艺术风格，也影响了西方现代主义文学。菲茨杰拉德的童年和青少年时期受到了家庭财务上的影响，这些经历可能在他的作品中反映出对社会阶层、金钱和社会价值观的敏感性。他的小说中经常探讨财富、社会地位和人性的问题，这可能与他个人经历和家庭背景有关。他成长于一个具有文化氛围但财政紧张的家庭，他的父亲是一位商人，母亲有着歌唱的天赋但未能实现自己的梦想。菲茨杰拉德小时候就表现出对文学和艺术的浓厚兴趣。他就读于一所名为圣保罗学院（Saint Paul Academy）的学校，早期的教育让他受到了欧洲文化和文学的影响。1913年，他进入普林斯顿大学就读，这段时间他对文学产生了浓厚兴趣，但由于种种原因，他未能完成学业。之后，菲茨杰拉德参加了第一次世界大战，但他未上战场而是加入了当时的防空部队。他在这段时间开始写作，撰写了一系列的文学作品，锻炼了自己的创作能力。菲茨杰拉德在1918年结婚，他和妻子经历了数次短暂的离婚，但最终还是维持了婚姻直到菲茨杰拉德去世。菲茨杰拉德热衷于夜间的社交和消遣，他经常参加酒会和派对并喜欢喝酒，这对他的创作和健康都造成了负面影响。他的小说普遍描写了美国社会的荒诞和虚荣，反映了人类欲望与理智之间的斗争。中年时期的菲茨杰拉德经济拮据，经常辗转于欧洲和美国之间且身体状况不佳，仅44岁就因心脏病突发去世。总体而言，菲茨杰拉德的成长经历对他的文学创作产生了重要影响。他的早年教育让他受到了欧洲文化和文学的影响，他的参战经历和"爵士时代"的生活使他充满了创作灵感，而他的家庭背景和持续的经济困境也给他的作品注入了强烈的现实主义风格。

菲茨杰拉德的代表作主要有《人间天堂》（1920年）、《美丽与毁灭》（1922年）、《爵士时代的故事》（1922年）、《了不起的盖茨比》（1925年）、《所有悲伤的年轻人》（1926年）、《夜色温柔》（1934年）、《最后一个大亨》（1941年）、《崩溃》（1945年）等。这些作品大都是反映美国社会虚荣、欲望和堕落的经典小说，充满了对人性的思考和对社会道德的质疑，至今仍被世人推崇。

《人间天堂》（*This Side of Paradise*）是菲茨杰拉德的第一部小说，于1920年出版。这是一本自传体小说，主要描写了主人公阿莫利成长、爱情和追求美好生活的经历。《人间天堂》展现了20世纪初美国年轻人的生活状态和价值观念。《人间天堂》以其独特的写作风格、流畅的语言和青春洋溢的气息让读者喜爱。同时，《人间天堂》对于当时的年轻人产生了深远的影响，许多读者因此开始对菲茨杰拉德产生了强烈的兴趣。

《美丽与毁灭》（*The Beautiful and Damned*）是菲茨杰拉德于1922年出版的一部小说，被认为是他早期的代表作之一。《美丽与毁灭》讲述了一对年轻夫妻的婚姻矛盾和背叛的故事，反映了20世纪20年代美国精英阶层的虚荣、堕落和道德沦丧。同时，《美丽与毁灭》对美国社会的道德缺失和物质崇拜进行了深刻的剖析，批判了当时精英阶层的虚伪和无知。《美丽与毁灭》虽然不如《了不起的盖茨比》有名，但同样被认为是菲茨杰拉德创作生涯中的一个重要里程碑。

《爵士时代的故事》（*Tales of the Jazz Age*）是菲茨杰拉德于1922年创作的一部短篇小说，其中包括了11个短篇故事。这部小说反映了20世纪20年代"爵士时代"的文化特点和社会氛围。在这部小说中，菲茨杰拉德描写了一群热情、冲动、自由的年轻人，他们追求美好生活的理想，同时也遭受着现实的打击和痛苦。在这些故事中，许多场景和角色都反映了当时美国社会的变化和发展，同时也暴露出当时美国社会和人性的一些弱点与缺陷。《爵士时代的故事》中的许多故事都成了文学经典，如《橡皮糖》《啊，赤褐色的女巫》《返老还童》等。这部小说既展现了菲茨杰拉德敏锐的洞察力和深厚的写作功力，也彰显了他对美国年轻一代的理解和关注。

《了不起的盖茨比》（*The Great Gatsby*）是菲茨杰拉德的代表作之一，出版于1925年。这部小说被誉为美国文学史上的经典之一，被称为"美国精神的象征"和"20世纪最重要的小说之一"。这部小说以富豪盖茨比和他的邻居尼克·卡拉威为核心人物，描写了20世纪20年代的美国社会风貌，包含了爱情、道德、成就和失败等主题。在这部小说中，作者用精妙而亲切的语言，深入地挖掘了人性的复杂性和社会中的荒诞，反映了当时的美国社会现象。这部小说的语言精练，节奏感强，情节紧凑，被誉为美国现代主义文学的代表作。

《所有悲伤的年轻人》（*All the Sad Young Men*）是菲茨杰拉德在 1926 年出版的一部短篇小说，其中包含了 9 个短篇故事。这部小说包括了挫折、爱情、背叛、年轻人的追求与失落等主题。这些故事的主角有的是前方一片茫然的人，有的是从幸福中摔下来的人，有的是渴望生命新高度的人。这些主角的命运交汇，宛如一段悲剧的乐章。这部小说以其对人生和理想的深刻思考与黯然沉痛的气息打动了众多读者，使菲茨杰拉德的作品在当时广受好评。

《夜色温柔》（*Tender Is the Night*）于 1934 年出版，是菲茨杰拉德创作生涯中期的一部作品，也是他的一部重要作品。《夜色温柔》的故事情节围绕着主人公迪克·戴弗和他的妻子妮珂儿展开。迪克是一位精神病医生，而妮珂儿则是一位妒忌心极强的年轻女子。这部小说以他们的婚姻生活为线索，描绘了一幅关于爱情、婚姻、友谊和崩溃的群像画，同时也深入探讨了生命中的追求、妥协和放弃等问题。《夜色温柔》以其复杂的叙事结构、深邃而缓慢的情感描写和细腻而现实的人物塑造著称，是菲茨杰拉德成熟期的代表作之一。这部小说深刻地反映了 20 世纪初期美国社会思想变革的历程，是一部具有高度文学价值的小说。

《最后一个大亨》（*The Last Tycoon*）是菲茨杰拉德的遗作，他在去世时没能完成这部小说，1941 年由马修·布鲁奈斯编辑出版。这部小说以影业巨子门罗·斯蒂尔（Monroe Stahr）为主角，讲述了他在对抗人生各种挑战中的故事。这部小说中对电影行业、金钱、爱情与人生的深入思考和对情感复杂性的描写，被认为是菲茨杰拉德最为成熟的作品之一，描写了一个光辉而短暂的时代和其中追求理想的年轻人。

《崩溃》（*The Crack-Up*）并非小说，而是菲茨杰拉德创作生涯中的一篇自传式随笔，在 1936 年发表于《纽约客》杂志上。这篇随笔是菲茨杰拉德自述其精神崩溃经历的文学作品，描写了菲茨杰拉德在创作生涯晚期患上精神疾病，人生失意，以及他对自我、生命、文学、艺术和社会的反思。在《崩溃》这部随笔中，菲茨杰拉德开诚布公地探讨了内心的苦闷和希望，在对精神崩溃和心灵拷问的讨论中，本篇作品从个人的经历扩展到了对人类存在的深刻探究。这篇随笔被认为是现代文学中深刻的关于精神健康与疾病的探讨之一，也被推崇为 20 世纪的杰作之一。

菲茨杰拉德的作品体现了当时社会的繁荣和幻象，以及其背后的经济真相。在当时的美国社会，由于人们认为会长久的经济繁荣，已经开始形成一种空前的消费文化，在物质上取得了丰硕的成果，但精神上却十分贫困。"生产设备和它生产的商品和服务，'出卖'或欺骗着整个社会体系。大众运输和传播手段，住房、食物和衣物等商品，娱乐和信息工业不可抵抗的输出，都带有规定了的态度和习惯，都带有某些思想和情感的反应，这些反应或多或少愉快地把消费者同生产者，并通过生产者同整体结合起来。产品有灌输和操纵的作用；它们助长了一种虚假意识，而这种虚假意识又回避自己的虚假性。随着这些有益的产品在更多的社会阶级中为更多的个人所使用，它们所具有的灌输作用就不再是宣传，而成为了一种生活方式。它是一种好的生活方式——比以前的要好得多，而且作为一种好的生活方式，这阻碍着质变。"① 菲茨杰拉德的作品主要揭露了上层社会生活的虚荣和堕落，常常描述美国精英阶层中的富人和名流，描写他们的享乐主义、消费主义和道德堕落，同时也探讨了美国梦的破灭和社会变革对个人命运的影响，揭示了上层社会背后的虚幻和孤独。菲茨杰拉德的作品语言流畅、富有感染力，注重细节描写和意象的运用，具有强烈的视觉感和情感共鸣。其作品对当时消费文化中表面上闪耀的幻影和真实面的冲突进行了深刻探讨，强调了贫富不均的严重问题，并就消费文化对人们精神生活的破坏发出了警告。菲茨杰拉德的作品在揭示当时社会真相的同时，也具有了西方马克思主义消费社会理论的精神基础，是体现 20 世纪 20 年代西方消费文化状况的象征。

二、20 世纪 20 年代的美国

美国是一个相对年轻的国家，它的历史始于欧洲的探索和殖民地的建

---

① 赫伯特·马尔库塞. 单向度的人 [M]. 张峰，吕世平，译. 重庆：重庆出版社，1987：11-12.

立。1492 年，哥伦布发现了美洲新大陆，这开启了欧洲人殖民美洲的历史。17 世纪，英国和荷兰大量殖民到美国，建立了新英格兰和纽约等殖民地。1765 年，美国殖民地爆发了反对英国专制主义的抗议，从而导致了美国独立战争的爆发，这场战争始于 1775 年、结束于 1783 年，并签署了《巴黎条约》。该条约承认美国是一个主权国家，标志着英国在美国殖民统治的结束。1787 年，美国宪法确立了国家政府的框架，并概述了公民的权利和自由。19 世纪初，美国经历了一段向西扩张的时期，定居者从东海岸迁移到西部边境。1861 年，美国内战开始，一直持续到 1865 年，最终美国废除了奴隶制。战争结束后，美国经历了一段快速工业化时期，成为世界强国。20 世纪，美国成为一个全球超级大国，在经济、军事和文化方面都有着巨大的影响力。美国参与了两次世界大战和冷战，并在第二次世界大战后成为世界强国。

美国快速工业化发生在 19 世纪末 20 世纪初，这个时期是美国历史上非常重要的一段时期，这一时期被称为"二次工业革命"时期。该时期美国出现了大量新生产工厂，机器制造工艺的改进使得工厂产出大幅度提高，铁路建设取得突飞猛进的发展，大批劳动力向城市迁入，实现了经济的现代化。这一时期也被称为美国的"行业基础建设时期"。在此期间，美国出现了大量的新工厂、新行业和新技术，拉开了美国现代化工业的大幕。美国的工业化对经济和社会发展产生了深远的影响，它使美国成为一个工业化大国，并在世界范围内掌握了更多的经济和政治成果，同时也带来了人口迁徙、城市化、电气化和机械化等深刻变化。美国工业化的成功也推动了全球资本主义市场经济的发展，并为其他国家提供了重要的经验。美国拥有丰富的自然资源，如煤炭、铁矿石、石油和森林资源等，这些资源的开发和利用，为工业化提供了强大的基础；美国在产业技术方面有较强的研究和开发能力，很多能够推动快速工业化的重要技术发明都在这一时期出现，如电力、内燃机、钢铁生产、化学工业以及交通运输等领域里的创新技术促进了工业化的后续发展。在工业化过程中，美国吸收了世界各地的丰富的管理经验，形成了科学的工厂管理体系和企业管理理念，提高了生产效率。在快速工业化过程中，美国政府实行了较低关税政策，吸引了大量国外资本和技术，推动了工业化的发展。美国政府通过发行债券、建立银行、提供贷款等方式，为企业提供了充足的资金支持，进一步推动了工业化的发展。美国经济快速增长和工业化也对世界其他国家产生了影响。美国工业化对人类历史的影响深远，为当今的资本主义和市场经济体系的发展提供了经验，为其他国家的工业化提供了有益的范例，也对全球的环境、文化、技术等领域产生了重要的影响。19世纪末20世纪初，美国采取了一系列政策鼓励工业化、城市化和现代化，在工业、经济、科技和文化等方面实现了跨越式发展。这既是美国现代化的起点，也是世界历史上的一个重要事件。同时，这是美国历史上一个充满机遇与挑战并存的时期，美国是经历了较短时间的快速发展、现代化建设，成为世界强国的一个重要典范。

20世纪初期，美国消费主义开始萌芽，当时许多人相信活在当下的新生活方式和价值观。随着技术的进步，过去较为稀缺的物品现在变得更加充足，引发人们消费需求的增长，人们逐渐开始购买许多新的产品和服务。这些产品（如名牌手表、首饰、高档时装等）和服务早期还是针对一些社会精英的，普通人买不起。"如果我有钱，我能够得到一张精美的油画，即使我可能没有一点艺术鉴赏能力；我能买到最好的留声机，即使我毫无音乐感；我能买一座图书馆，即使我这样做的目的只是为了炫耀自己；我能买到教育，即使这对我来说没什么用……除了赔一点钱之外，我别无损失，仅仅是有钱给了我一种肆意获取并任意处置购买品的权利。"[1]20世纪20年代，象征性消费文化逐渐形成，公司的广告宣扬对社会主流文化价值取得了效果，人们对新产品的需求逐渐增加，这些物品包括新型家电、汽车和电影，使更多的人参与到了消费经济中。20世纪20年代是美国经济发展的黄金时代，美国经济的繁荣和人口增长带来了许多变化。然而，20世纪30年代的大萧条给许多人带来了贫穷和不安全，消费经济也受到了冲击，人们在基本的生存问题上的焦虑让消费成为一种干扰社交的行为。20世纪50年代，美国经济空前繁荣，人们的消费能力开始迅速提高，同时，广告和市场营销开始采用更加全面的策略，鼓励人们为了追

---

① 埃里希·弗洛姆. 健全的社会 [M]. 蒋重跃，等译. 北京：国际文化出版公司，2003：114.

求更好的生活和满足个人愿望而购买更多的产品和服务。"文化工业把古老的东西与熟悉的东西熔铸成一种新质。在其所有的分支中，那些特意为大众消费生产出来并在很大程度上决定了消费的性质的那些产品，或多或少是按照计划炮制出来的。"① 随着城市化进程加快，大量移民的涌入，使城市文化更加繁荣，人们普遍享受到了经济繁荣带来的红利，这也为美国成为全球经济和军事超级大国打下了坚实的基础。"显而易见，文化工业体系是从更加自由的工业国家，以及诸如电影、广播、爵士乐和杂志等所有富有特色的媒介中形成的，所以它在这方面也繁荣了起来。"②

　　20 世纪 20 年代是光彩夺目的文艺复兴时期，文化上也是百花齐放，小说、音乐、电影等文艺作品都开始向其他国家推广，并形成了独特的美国文化模式，许多文化艺术领域的创新和创造力赢得了全球瞩目。"人们只要收听广播，就能听到交响乐，如果技术条件允许的话，人们也可以像收听广播那样，在家里就能看到电影。这样一来，人们就可以向商业系统趋之若鹜了。"③ 20 世纪 20 年代也是美国政治稳定的时期。在这段时间，美国建立了世界上最庞大的经济体，并逐渐从欧洲主导世界的局势中崛起。同时，社会问题如妇女权利、种族问题、工人权利等得到更多的关注。20 世纪 20 年代是美国技术创新的时期。这一时期美国的科技发展速度惊人，汽车的普及、无线电的引入等，都使得人们生活变得更加方便和舒适。从汽车到无线电等许多发明改变了人们的生活，同时也使美国成为世界科技强国。正如阿多诺所说："公众的态度，在名义上和实际上都支持着文化工业体系，因此它也是这个体系的一部分，并没有被排除在外。"④ 20 世纪 20 年代是美国社会生活的变化时期。在这个时期，美国的经济繁荣带来了一个新的消费文化，新的科技创新和生产方式也带来了一些变化。在这个时期，人们能够消费更多的东西，享受更多的服务，形成

---

　　① THEODOR W ADORNO. The culture industry［M］. London and New York：Routledge, 2002：98.
　　② 马克斯·霍克海默，西奥多·阿道尔诺. 启蒙辩证法［M］. 渠敬东，曹卫东，译. 上海：上海人民出版社，2006：119.
　　③ 马克斯·霍克海默，西奥多·阿道尔诺. 启蒙辩证法［M］. 渠敬东，曹卫东，译. 上海：上海人民出版社，2006：146.
　　④ 马克斯·霍克海默，西奥多·阿道尔诺. 启蒙辩证法［M］. 渠敬东，曹卫东，译. 上海：上海人民出版社，2006：109.

了一个象征性的消费文化。科技创新和新的生产方式改变了人们的生活，如汽车和电影等的出现，使人们更容易获得新的信息与享受。这一时期美国人开始积极参与各种娱乐活动，如打高尔夫球和网球，这使得运动成为一种受欢迎的休闲活动。美国社会开始关注种族和性别问题，其中妇女和黑人权益都得到了更多的关注与支持。

　　第一次世界大战后的世界发生了巨大变化，如安全局势的改变、文化与艺术的变革、国际关系的重构等。众多欧洲国家的经济、政治、社会结构等都遭到了破坏。另外，美国在第一次世界大战中的参与也改变了其在国际关系中的地位。虽然全球大规模的工业化，创造了大量的就业机会并提高了人民的生活水平，但美国经济也面临着大萧条的打击。英国、德国和奥地利在此期间实现了社会主义和劳工权益的重大突破。许多国家也鼓励妇女融入劳动大军，在社会发展和文化进步方面创造了更多机会。第一次世界大战对文化艺术的影响也是显著的，许多人在被动参与战争的过程中，开始反思现有的价值观念、思想信仰与文化。第一次世界大战后的国际组织和政治架构也相应调整，包括国际联盟的成立，同时也为第二次世界大战留下了潜在冲突和矛盾。第一次世界大战对欧洲产生了深远的影响，如国境重新划定、经济重建和恢复、政治混乱和不稳定、科技进步和文化变革等。战争导致了东南欧地区的剧变，俄国解体、奥匈帝国和德意志帝国瓦解。战争期间欧洲遭受了极大的破坏，战争结束后许多国家努力重建和恢复，饥荒、通货膨胀、失业和贫穷成为常态。战争导致了人们对传统政治统治的不满，许多国家出现社会动荡和革命，如俄国发生的布尔什维克革命等。战争后欧洲各国之间通过加强合作，以防止未来的战争。战争间接推动了科技进步，这对全球社会产生了深远的影响。战争后的欧洲经历了巨大的改变和调整，国家在政治、经济、文化等方面都面临巨大的挑战。第一次世界大战对美国产生了深远的影响，如经济繁荣、军事和政治重要性提高、文化和艺术繁荣等。战争中，美国通过出口了大量战争物资，经济空前繁荣。战后，随着科技和工业的发展，美国经济更加发达和多元化，在经济和文化方面都成为世界上十分有影响力的国家之一。军事和政治的重要性提高体现在美国是第一次世界大战中关键的参与者之一，第一次世界大战和第二次世界大战的获利为未来被认为是超级大国的地位奠定了基础。美国在战后展现出了一种新的文化和艺术风格，包括爵士、摇滚乐在内的许多音乐形式的兴起，美国成为全球文化中心。第一次世界大战对美国的影响是深远的，使美国在国际舞台上崭露头角，美国在经济、政治、军事和文化等方面的实力得到了极大提升，也使美国成为全球强盛的国家之一。

20 世纪 20 年代是美国历史上一个充满创新、创造力和活力的年代。在这个时期，经济的繁荣和生活水平的提高使得美国人变得更加乐观和自信，他们相信未来会更加美好，并富有创造性地探索着新的边界，带来了许多新的成就和突破。20 世纪 20 年代是美国创新和进步的年代，美国人对科技、艺术和社会问题的探索与创新使得这个时期成为美国历史上最富有想象力和创造力的时刻，美国人持续地寻求着新的方向和改变。20 世纪 20 年代的美国是一个消费主义时代，生活水平的提高鼓舞了美国人的消费欲望，这种消费主义不仅改变了他们的购物和消费方式，而且创造了一种新的文化和价值观念，成为人们生活中重要的一部分。20 世纪 20 年代的美国人还热衷于音乐和国际文化交流，爵士乐成为美国人的新文化代表。20 世纪 20 年代的美国艺术家、作家和音乐家经常前往欧洲进行创作和表演，这种文化的交流使得美国人更加开放。"如果大众传播工具和谐地且不引人注意地把艺术、政治、宗教和哲学同广告节目混成一体，它就使得文化领域成为了它的公分母——商品形式。灵魂的音乐也是推销商品的音乐。"① 20 世纪 20 年代的美国是一个充满了活力、创新和乐观精神的时期，这种精神融合了消费主义、创新和文化的国际化。20 世纪 20 年代的美国人在不断地探索和改变未来，这也让他们成为美国历史上最具活力和创造力的时代代表。"但正是通过这种满足，削弱了快乐原则，它剥夺了同现存社会不协调的要求。这样一调整，快乐便导致服从。"② 20 世纪 20 年代是美国文学史上重要的一个时期，这个时期涌现出了许多杰出的作家，如埃兹拉·庞德（Ezra Pound）、威廉·福克纳（William Faulkner）、弗兰西

---

① 赫伯特·马尔库塞. 单向度的人 [M]. 张峰，吕世平，译. 重庆：重庆出版社，1987：49.
② 赫伯特·马尔库塞. 单向度的人 [M]. 张峰，吕世平，译. 重庆：重庆出版社，1987：64.

斯·斯科特·菲茨杰拉德（Francis Scott Fitzgerald）、厄内斯特·海明威（Ernest Hemingway），这些作家不仅影响了当时的文学界，也成为后来文学发展的重要基石。

菲茨杰拉德的代表作是以 20 世纪 20 年代为时代背景的小说，反映了这个时期的矛盾和问题，不仅给读者留下了难以磨灭的印象，也成为研究这个时期的历史和文化的重要资料。他的作品描写了当时的社会现状，反映了浮华时代的虚荣和人性的脆弱，其中包括爵士乐、豪华的社交派对等，以及他们内心的空虚、迷茫和无知。他的作品深刻地反映了这个时期的文化变迁，新一代年轻人的心态和生活方式，他们与传统文化的矛盾以及美国富人阶层对于欧洲文化的追求和热爱。菲茨杰拉德对 20 世纪 20 年代的美国文化与社会变革产生了深远的影响，其作品反映了当时美国社会和文化的深刻变化和审美观念的转变，被誉为爵士时代的文学代表作，尤其是《了不起的盖茨比》被认为是美国现代文学中最重要的作品之一。20世纪 20 年代是美国现代主义文学和艺术呈现较为活跃的时期，菲茨杰拉德的小说探讨了个人自由意志与社会权力之间的矛盾，并对 20 世纪 20 年代的意识形态和社会文化进行了批判性反思。菲茨杰拉德的小说经常涉及继承、金融、婚姻、爱情、欲望等主题，这也是 20 世纪 20 年代的中心议题。同时，他的作品探讨了美国梦和成功的本质。他对 20 世纪 20 年代美国社会和文化发展作出了巨大贡献，他所塑造的形象和情节依然被人们记住与传颂。

西方马克思主义的一个主要理论支柱是消费社会理论（Consumer Society Theory），它与 20 世纪 20 年代的美国密切相关。消费社会理论认为，消费已经成为现代社会的核心，驱动着经济、文化和社会发展。赫伯特·马尔库塞（Herbert Marcuse）是消费社会理论的代表人物之一。他认为，消费在现代社会中发挥着压迫和操控的作用，通过消费来控制人们的思想和行为。20 世纪 20 年代的美国是一个典型的消费社会，这个时期的美国经济空前繁荣，人民生活水平提高，消费也成为社会生活的重要组成部分。不仅大量商品被推向市场，还出现了广告和公关业，以引导和促进人们的消费行为。人们在追求消费享受的同时，也放弃了传统的价值观念，如家庭、道德等，这种消极的消费文化引起了马尔库塞的警觉。因此，从消费社会的角度来看，20 世纪 20 年代的美国可以被视为消费社会的活跃表现，但是也存在消费发展过程中的一些严重问题，如过度消费、浪费以及人类对消费的依赖心理等。

西方马克思主义消费社会理论为 20 世纪 20 年代的美国社会提供了一个批判性的视角。根据该理论，当时的消费文化创造了一种商品化的意识形态，将人类生活简化为纯粹的消费对象。有人认为，这种消费文化通过在人们身上制造虚假的需求和欲望，使消费永久化。20 世纪 20 年代，美国正经历着经济繁荣和快速工业化，而消费是这一蓬勃发展的经济的一个关键方面。大规模生产和广告业的兴起逐渐导致了美国价值观的转变，消费主义成为一种新的生活方式。新的生活方式逐渐导致了美国价值观的转变。许多西方马克思主义者批评了当时的主流消费文化，认为它代表了一种疏远和操纵的制度，使人类沦为纯粹的消费者。然而，一些西方马克思主义消费社会理论的批评者认为，该理论过于简单化，未能包含 20 世纪 20 年代美国经历和身份的多样性。例如，非裔美国人、妇女和移民都被排除在主流消费文化之外，并经历了边缘化和歧视。此外，主流文化中的一些人挑战消费主义规范，转而强调可持续生活、社区价值观和反消费主义。西方马克思主义消费社会理论并没有全面描述 20 世纪 20 年代的社会复杂性，只提供了一种探索这个时代的角度。

三、大萧条前夜的繁荣与疯狂

大萧条（the great depression）这个命名最早可以追溯到 1929 年美国华尔街股票市场的崩溃。当时美国的经济面临空前的困境，失业率上升、工业产量下降、银行破产等问题日益严重，经济形势异常恶劣。第一次使用"the great depression"这个词的是美国经济学家霍华德·沃德斯沃斯。1929 年 11 月，沃德斯沃斯在《纽约时报》上发布一篇题为《经济的现状》的文章，他在其中首次使用了这个词。

大萧条这个词的意思是"严重衰退期"，后来成了指代整个世界范围内的经济灾难的代名词。历史学家和经济学家普遍认为，大萧条的主要原因是 20 世纪 20 年代的股票市场泡沫破裂，但也有许多其他因素，如货币政策、贫富分化等。从 1929 年美国股市崩盘（黑色星期四）开始，到 20 世纪 30 年代中期世界经济陷入长期低谷的经济危机。这场危机迅速蔓延到全球，使许多国家受到了极大的冲击。大萧条的原因非常复杂，它既与美国股市泡沫破裂导致的失业激增和消费下降有关，也与美国金融体系的弊病、贸易保护主义、过度生产和投机等因素有关。大萧条的后果是严重的，很多人失去工作和家园，银行破产、企业倒闭、农民破产、商品价格下跌。政府采取保护主义手段，加剧了全球贸易紧张局势，扩大了危机的影响。20 世纪 30 年代后期，随着第二次世界大战的爆发，经济开始逐渐恢复。但大萧条对世界经济秩序的影响是深远的，对于政治、经济、社会和文化的影响还在持续。20 世纪 20 年代的美国社会出现的文化革命和生活方式的改变则是大萧条前夜的繁荣与疯狂。20 世纪 20 年代初期，美国经济快速复苏。技术发展和生产力进步引领经济转型，制造业崛起，股市飙升，国内财富分配从工业阶层向中产阶层转移，消费在增加，银行和商业投资充裕，社会大众对未来充满信心。这种繁荣又被称为"华尔街的疯狂"，指的是股票投机的浪潮，市场上出现了"借贷买股""股票炒作""投机交易"等行为。1933 年美国废除了《禁酒令》，人们可以享受酒类和烟草，再加上摇摆舞、爵士乐的盛行，形成了独特的文化风格。此外，20 世纪 20 年代还出现了"电影狂热"等现象，人们的娱乐需求得到满足；但这种繁荣是有局限性的，只是表面的，许多人也被排斥在社会框架之外。"在所有变化的外表下掩藏着一个基本的骨架，这个骨架很少发生变化，就像利润动机自从第一次赢得了对于文化的优势以来就没有什么改变一样。"① 其后，这种繁荣产生的债务和泡沫，加之贸易保护主义的作用，最终导致了 1929 年股市崩盘和 20 世纪 30 年代的大萧条。

20 世纪 20 年代的美国是一个物质繁荣、群体疯狂的时代。在第一次世界大战过程中，美国经济寻求自我发展。战争结束后，国内和国际贸易

---

① THEODOR W ADORNO. The culture industry [M]. London and New York: Routledge, 2002: 100.

得到进一步恢复。在这个时期，美国经济经历了一次工业化和科技进步的高峰，金融、银行业也得到进一步发展，资本市场活跃。这一时期，许多企业家、投资者和普通工薪阶层都赚取了不菲的利润和财富，个人消费也大规模扩大。汽车、电视机、收录机等新的电器产品被广泛使用，造车业、钢铁业、化工业等产业蓬勃发展。同时，人们生活水平提高，街头上的电影院、酒吧、超市等商业设施应运而生。正如阿多诺所言："在虚假社会里，笑声是一种疾病，它不仅与幸福作对，而且还把幸福变成了毫无价值的总体性。"[①] 20世纪20年代的特点可以用光怪陆离、多元、疯狂来概括，这是由于经济的繁荣，科技进步和文化创新等因素促成的。它不仅是美国现代化、经济繁荣的标志，也引领了许多新的时尚和思潮。然而，这种繁荣最终也变成了恶性循环，为后来的大萧条埋下了重重隐患。20世纪20年代，美国群体疯狂的现象也经常发生，主要集中在股票投机热、社交疯狂、狂热进行运动竞赛等。20世纪20年代的美国股票市场繁荣，许多人涌入股市进行买卖，其中不少人基于投机目的，在短时间内想获取高额收益，这些人采取了高风险的投资策略，但是随着股票市场泡沫的破灭，许多人损失惨重。20世纪20年代是美国社交的黄金时期，格调高雅的宴会和无尽的夜生活成了新型的社交模式。在这个时期，许多人纷纷投入社交生活当中。人们为了表现自己，人们往往会奢华狂欢、飙驰名车以及超支消费等。20世纪20年代，美国开始流行一种"东方主义"热潮，热衷于模仿东方人的穿着、舞蹈和音乐等，反映了当时的国际化和文化多元化的趋势。"整个文化工业所做出的承诺就是要逃出日常的苦役，就像在卡通片里，黑暗中父亲拿着梯子去解救遭到绑架的女儿一样。然而，文化工业的天堂也同样是一种苦役。逃避和私奔都是预先设计好的，最后总归得回来。快乐本该帮助人们忘记屈从，然而它却使人们变得更加服服帖帖了。"[②] 20世纪20年代美国掀起了一股群众性的运动竞赛热潮，如马拉松、体育运动会等，人们在这些竞赛中竭尽全力，筋疲力尽。在竞赛热潮

---

① 马克斯·霍克海默，西奥多·阿道尔诺.启蒙辩证法 [M].渠敬东，曹卫东，译.上海：上海人民出版社，2006：127.

② 马克斯·霍克海默，西奥多·阿道尔诺.启蒙辩证法 [M].渠敬东，曹卫东，译.上海：上海人民出版社，2006：128.

的推动下，不少人发生了身体不适甚至死亡的情况。20 世纪 20 年代，人们追求着快乐与疯狂，并表现出了不同程度的群体疯狂现象。这种疯狂带来的后果，不仅是财务上的损失，还可能导致人们健康和安全的威胁。这是一个反传统、多元、自由、开放的时期，这个时期的文化、艺术和风格都具有创新和不拘一格的特点，但同时也存在偏激的倾向。一些文化现象在当时看来是挑战性的，甚至是危险的。例如：女权主义者要求普遍的投票权和消除性别歧视，但是在那个时代这是一个极具争议的话题；快节奏的爵士乐和摇摆舞引起了保守派与宗教组织的谴责，他们认为这些形式会摧毁道德和社会价值观；种族和宗教歧视，在一些地方很常见。黑人和少数族裔常常被隔离、排斥在主流文化之外。这些偏激倾向成为当时社会的突出问题，但同时也推动了一系列进步和改革。如禁酒运动结束了，女权主义者取得了女性投票权，著名的非裔美国人哈莱姆在文化上做出的贡献也得到了广泛的认可。20 世纪 20 年代是一个叛逆时期，也是历史上的一个重要时期。

在纽约成为全世界最大的城市之前，伦敦曾经长期保持着全球最大城市的地位。在 18 世纪和 19 世纪，伦敦是世界上规模最大的城市，超过了巴黎、阿姆斯特丹和威尼斯。受工业革命的影响，伦敦也成了世界的财富重镇，是全球最大的商业和金融中心之一，这种影响一直持续到 20 世纪初。20 世纪，纽约的经济、金融和文化影响力日益增强。在 20 世纪 30 年代纽约超越了伦敦成为全球最大的城市之一。在那个时期，纽约的人口激增，达到了数百万人，人口密度非常高。浓厚的文化氛围，发达的金融市场和工业经济带动了纽约的快速发展。同时，纽约市内也涌现出了许多著名的企业和商业机构。许多独特的景观和建筑物也在纽约诞生，如帝国大厦、自由女神像、中央公园、百老汇和华尔街等地标性建筑和场所。然而，城市的高速发展也带来了许多问题，比如空气污染、垃圾处理、城市的治安状况等问题。这些问题一直困扰着纽约，成了难以解决的困难。虽然如此，纽约依然保持着它独特的魅力，成为美国乃至全球的重要中心城市。

《禁酒令》是指禁止制造、销售、运输和消费酒精饮料的法律规定。

在美国历史上,《禁酒令》常常与 20 世纪 20 年代这段时期联系在一起。1920—1933 年,美国实行了全国性的《禁酒令》。这个法律规定了全国范围内禁止制造、运输和销售含有酒精的饮料。这个法律颁布的原因是基于当时一些人担心饮酒会损害健康,但是实践证明《禁酒令》并没有能够有效地解决问题。相反,它的负面影响越来越大,包括违法制造和销售酒精饮品的黑市的兴起,暴力活动的增加,政府无法收税、执法成本增加甚至犯罪率的上升。1933 年,美国政府宣布取消《禁酒令》,理由是该法律未能实现其既定目标。尽管《禁酒令》在美国历史上的存在时期很短(13 年),但它引出了一些重要问题,相关的研究也对现今国家的政策制定、法律制定和治理提出了一些警示和启示。

地下酒吧产业是指在《禁酒令》期间,人们以各种方式私自生产、销售和消费酒精饮料的产业。在 20 世纪 20 年代的美国,《禁酒令》政策持续了近十年。《禁酒令》期间,喝酒被视为非法和罪恶的行为,所以传统的酒吧、酒馆被迫关闭,丧失了商业运作的市场。地下酒吧产业因此应运而生,并在美国许多城市迅速发展。地下酒吧产业不仅包括销售酒精饮料,还与地下赌场、贩毒、偷渡、妓院等非法行业存在千丝万缕的联系。此外,地下酒吧也成为人们追求快乐和放松的场所。在此期间,一些知名的地下酒吧,如 21 俱乐部和棉花俱乐部甚至吸引了许多名人和政治家的到访。1933 年,《禁酒令》被废除,美国顿时出现了一次显著的社会改变,商业运作的酒吧重新开门迎客,下层社会的人们则继续沿用着地下酒吧文化,而这种文化的成型是在与《禁酒令》的斗争中得以扩大、加强的。

20 世纪 20 年代是美国汽车制造业和文化的黄金发展时期,也是美国经济和社会蓬勃发展的一段时期。随着汽车共享和私人汽车保有量的增加,人们开始在远离城市的地方购买房子、建立社区,汽车也成为城市扩张和郊区化的重要推动力。1924 年,福特汽车公司主导了整个汽车市场,成为美国最大的汽车制造商。同时,许多汽车制造商开始推出更加时尚、豪华的汽车款式,如林肯和克莱斯勒。特别是美国的车身制造商和汽车设计师,开创了时尚和现代风格的汽车设计。在美国文化中,汽车也成了时尚、自由和生活方式的象征。汽车文化不仅表现在音乐、电影和文学作品中，还可以在广告、时装和流行文化中看到。20 世纪 20 年代的美国汽车文化也为世界其他国家的汽车市场和文化产业的发展奠定了基础。

20 世纪 20 年代是世界电影业发展最为迅猛、最为辉煌的时期之一，被称为"好莱坞黄金时代"。20 世纪 20 年代是国际影坛被美国垄断的时期，正是在这一时期，美国成为全球电影的中心。20 世纪 20 年代，电影成为美国最主要的娱乐方式之一，好莱坞成为全球电影制作中心。阿多诺指出："一个人只要有了闲暇时间，就不得不接受文化制造商提供给他的产品。康德的形式主义还依然期待个人的作用，在他看来，个人完全可以在各种各样的感性经验与基本概念之间建立一定的联系；然而，工业却掠夺了个人的这种作用。一旦它首先为消费者提供了服务，就会将消费者图式化。"① 在这一时期，电影制作技术水平不断提高，电影制作变得更加轻便和快捷，同时，出现了许多标志性的电影经典，如《大都会》和《黄金时代》等。20 世纪 20 年代也是电影音乐和配乐从无声到有声的转变时期。1927 年，好莱坞电影公司推出了有声电影，这彻底改变了电影的制作与表现方式，许多电影公司转向有声电影制作。此外，电影的商业化也得到了进一步发展，电影的广告宣传，电影明星、电影票，以及布局在全美的连锁电影院也得到了进一步发展。与此同时，许多其他国家的电影行业也得到了快速的发展。例如，苏联的电影制作在 20 世纪 20 年代开始快速的发展，其开始探索新的电影制作方式和电影风格。"文化工业别有用心地自上而下整合它的消费者……尽管文化工业无疑会考虑到千百万人被诱导的意识和无意识状况，但大众绝不是首要的，而是次要的，他们是被算计的对象，是机器的附件。与文化工业要我们相信的不同，消费者不是上帝，不是消费的主体，而是消费的客体。"②

20 世纪 20 年代是美国历史上女性权利进步最大的时期之一。在这个时代，女性发掘和追求自己的兴趣，为其未来的社会地位和崭新的角色做了铺垫。20 世纪 20 年代美国人民见证了女性在社会、政治、职场和文化

① 马克斯·霍克海默，西奥多·阿道尔诺. 启蒙辩证法 [M]. 渠敬东，曹卫东，译. 上海：上海人民出版社，2006：111.

② THEODOR W ADORNO. The culture industry [M]. London and New York：Routledge，2002：8-99.

领域里的崛起与蓬勃发展。1920 年，美国通过了宪法第十九条修正案，允许女性投票，这一历史事件是女性权利运动中的里程碑事件，女性终于得到在政治上的平等地位。随着第一次世界大战的结束，男性开始退役，女性在日常生活和职场中扮演着越来越重要的角色。战争结束后，越来越多的女性进入了白领领域，包括办公室工作、教育、医疗保健等。此外，女性在娱乐、音乐、电影和时尚等领域也取得了很大的进步。20 世纪 20 年代是"狂野的十年"，女性的时尚发展趋势反映了她们对自由和个性的渴望；女性开始穿着短裙、戴着都市服饰和别针，这些时尚设计展示了女性的魅力和自信；女性开始进入音乐、电影、文学和娱乐行业。20 世纪 20 年代，女性的文化成就得到了更加广泛的认可，像伊薇特·霍兰和贝西·史密斯等人，她们成为音乐界的巨星。20 世纪 20 年代的摩登女郎是一种特殊的女性文化现象，是当时年轻女性的新生代，以一种全新的方式生活和思考体现了新市民文化与摩登的生活方式。20 世纪 20 年代的摩登女郎视时尚为重，追求新式的服装与发型，短发是 20 世纪 20 年代时尚的代表之一。在这个时代，女性从长发变成短发象征着她们的自由、坦率和激情。短裙在 20 世纪 20 年代极其流行，这代表了女性的解放。在这个时代，短裙固然让人们看到了更多的皮肤，同时也代表了女性对自身身体权利拥有更多的自由和控制。摩登女郎十分喜爱夜总会、爵士乐、电影和文学作品。她们喜欢参加晚会、音乐会、文学沙龙、电影院观影等活动，这些是她们社交圈子的一部分。烟斗和别针相信每个人都容易想到，当时的女性随口说说便开始抽烟，烟斗散发出的烟雾也成为亚文化的一部分；别针则是饰品的一部分，是这个时代时尚的标志之一。20 世纪 20 年代是指甲油的发源期，许多女性开始将自己的指甲涂成各种鲜艳的颜色。帽子和手套是 20 世纪 20 年代时尚的标志，女性在社交场合通常需要戴上宽边帽和手套。摩登女郎独立、自信，喜欢尝试抽象艺术和新文学，像范·唯欧、杰拉尔德·墨丘利、海灵顿·波姆等人的作品仍被认为是 20 世纪美术和文学史的重要里程碑。20 世纪 20 年代的摩登女郎是一个能体现现代性和时代精神的代表，她们全面地展现了女性的多元性。20 世纪 20 年代，时尚的变化反映了当时社会和文化的变化，时尚更加注重自由和独立，这是新的生活规范的一部分，也是女性解放的标志。

20 世纪 20 年代，美国的经济、科技、文化等方面都有着显著的变化和进步，这可能是互相交织的各种因素共同推动了美国经济快速发展。随着一系列创新和改革的出现，美国迎来了经济繁荣和文化复兴，加上电影与音乐等文化产业的兴起，这一时期被誉为"美国的黄金时代"。此外，美国开始成为全球的超级大国，这一时期为美国未来的崛起和全球领先地位的确立奠定了基础。美国在全球舞台上的地位和影响力开始上升，在第二次世界大战之前的这段时间，美国已经成为世界上最大的经济体之一，建立了强大的海军和空军。此外，美国在科学、文化、娱乐和其他领域对美国的崛起也发挥了重要作用。例如，好莱坞电影业制作了许多有影响力和全球流行的电影，爵士乐成为全球音乐界的代表。所有这些因素都促使美国在 20 世纪 20 年代成为世界舞台上越来越不可否认的力量。

1929 年爆发的大萧条是 20 世纪最为严重的经济危机之一，其根本原因在于经济发展的过度扩张和浮夸。20 世纪 20 年代是美国的繁荣时期，工业生产、股票证券投机都迅速发展，导致价格飞涨、债务增加、工资低微，从而造成了经济泡沫和不稳定的局面。随着许多人把自己的积蓄和借来的钱大量买入股票，根据这些人的投资预期需要股票价格继续上涨，股票市场缓慢地进入了一个狂热时代。1929 年秋天，美国的股票价格已经超过其真实价值。由于投资者的错误预期和超过了股票价格超过真实价值的过度扩张，最终导致股票市场在 10 月猛烈崩盘，财富瞬间变成了泡沫。在这个时期，美国的银行和许多企业都开始失业与减产。绝望的人们开始抛售任何可能有价值的东西以从经济危机中求生存，而这更加加剧了经济危机。尽管在经济危机发生时，有一些政策和措施出台，但是它们未能使经济迅速恢复。相反，该危机持续了好几年，并给美国和其他国家造成了灾难性的后果，这表明了市场本质上具有不稳定的特性，而纯市场主义经济模式并不总是能满足国家和公民的需求。大萧条影响了美国的经济、政治、社会等各个方面。大萧条导致了全球性的经济衰退，数百万人失业，企业和银行破产或倒闭。这一经济危机使得政府和监管机构意识到了市场被过度扩张与自由放任的风险，促使政府通过监管和干预手段，稳定市场，防止类似的危机再次发生。大萧条对政治局势产生了深远的影响，经济危机导致全球政治不确定性的增加，支持极端主义政治党派的人数增加，以及反对财阀、大企业和银行业的新政党的出现。这也促使政府开始采取更积极的政策，更多地关注社会的需求，提高税收和增加财政经费预算，以推动各类社会项目和政府计划的实现。大萧条影响了社会的许多方面。高失业率和低工资导致了贫困与社会不安，这让许多人对市场资本主义和自由放任的体系开始怀疑。这导致了对于各种新政策的提倡，包括经济、社会公正。然而，这些新政策的实施，通过较长时间才得以实现。大萧条对现代社会产生了深刻的影响，它增加了人们对于新的政治机构的需求，使得政府开始更积极地实施社会福利和监管机制的政策，以平衡市场和社会的利益，从而将危机和风险降到最低，为可持续发展的社会、政治和经济环境奠定了基础。大萧条对全球经济和政治体系的影响也是非常深远的，大萧条爆发后，全球范围内的经济都受到了极大的冲击，世界各地都面临经济萎缩、失业率上升、财政入不敷出等问题。经济全球化深度加剧，导致不同国家经济体系之间的依赖性增强，一国经济崩溃很容易扩散至其他国家，全球性经济危机的风险变得更加明显，成为今天经济领域最为重要的话题之一。大萧条带来的全球性危机导致了政治稳定的降低，扩大了极端主义和法西斯主义的势力，以及对反资本主义和反市场的思路造成较大行政压力。然而，它也促使许多国家开始倡导更为积极的政策，包括扩大国家干预、建立福利制度、监管和规范市场、通过各种方式改善生活和重新分配财富等。大萧条导致世界范围内的社会不满情绪加剧，促使许多国家思考如何在可持续的经济和人类发展之间取得平衡。大萧条是一个标志性的事件，对全球经济和政治体系产生了深刻而长远的影响。它提醒我们，只有制定公正、透明、稳定的政策和措施，才能为我们的经济和社会创造健康的环境。

菲茨杰拉德在 20 世纪 20 年代的美国文学界享有盛誉。然而，随着 1929 年的大萧条爆发，他的生活也开始出现问题。菲茨杰拉德在 20 世纪 20 年代创作的小说中描绘了繁华的金融都市和奢华的生活方式，这些都与大萧条后的现实形成了强烈的反差。菲茨杰拉德原本的富有消失了，他不得不开始靠写作为生。然而，在大萧条中，文化消费的需求也出现了很大的下降，这让他的写作收入受到了很大的影响。在大萧条中，菲茨杰拉德的作品风格也发生了明显改变。他开始写一些更为现实主义的作品，比如《夜色温柔》。这部作品揭示了奢侈生活下人们的内心孤独和精神破败，这种转变体现了他对美国梦的看法发生了变化。大萧条给菲茨杰拉德带来了巨大的冲击，使他的生活和写作都受到了影响。然而，这段经历为他的作品增添了更真实的色彩。

西方马克思主义消费社会理论是在大萧条之后的 20 世纪 50 到 60 年代发展起来的，但它仍然可以揭示大萧条期间消费文化的影响。在大萧条期间，美国经历了严重的经济衰退，导致了高度的贫困和失业。金融危机使人们很难参与消费文化，这反过来又严重影响了企业。该理论可以揭示 20 世纪 20 年代消费文化是如何推动经济增长的，以及其崩溃是如何导致大萧条的。西方马克思主义消费社会理论也在罗斯福新政时（1933 年）得到应用。这一时期，政府干预力度加大，并重新强调生产，试图刺激经济复苏。然而，该理论可能认为这些政府干预措施，如罗斯福新政，只是暂时地缓解，而不是通过系统性的努力来解决资本主义和消费主义的根本问题。大多数学者对该理论的批评是，它没有为消费社会问题提供切实可行的解决方案，而是强调个人抵抗消费主义，这可能不足以带来更大范围的变革。总之，通过了解西方马克思主义消费社会理论是理解大萧条和罗斯福新政消费文化影响的一种方法。然而，尽管该理论为消费主义问题提供了一个批判性的视角，但它并没有提供结构性变革的实际途径，而结构性变革只能通过集体政治意愿和行动来实现。

西方马克思主义消费社会理论对大萧条提出了批判，认为消费文化与资本主义体系的相互作用是造成大萧条的重要原因之一。"在他们的理论中，资本主义已经成了一个物化和自我合法化的模式，在那里客体世界变成了主宰，人类的健康快乐被界定为对商品的挥霍浪费，批判的思想被湮没在大众适应的'单向度'文化中"[①]，一方面，20 世纪 20 年代，美国社

---

① 斯蒂芬·贝斯特，道格拉斯·科尔纳. 后现代转向 [M]. 陈刚，等译. 南京：南京大学出版社，2002：101.

会生活中的消费文化达到了空前的高度，许多人加入社会主流文化中，追求物质享受和个体化的生活方式。商业、广告业的兴起也推动了商品与服务的扩张和传播，刺激了人们的消费欲望。另一方面，这种过度的消费文化也在某种程度上支撑着资本主义经济体系，因为在这种文化的推动下产生了更多的需求，为资本家提供了更多获取利润的机会。此外，在经济萧条时期，消费文化的崩溃也对资本主义体系造成了很大的危害。由于消费不断触底，企业生产的商品积压，商品过剩导致了价格崩溃、失业率高涨。虽然政府在大萧条期间增加了干预措施，包括出台了一系列新政策，如公共工程、社会保障、对企业减税等，但他们提供的临时援助和工作机会并没有从根本上解决真正的问题。因此，马克思主义消费文化理论认为，要通过体制内外的力量来对资本主义的消费文化进行深入的社会变革，打破被消费文化束缚的生活方式和价值观，最终推动社会变革。

大萧条的特点是大规模失业、贫困和金融体系崩溃，这导致了民众的广泛抗议，因为人们对政府和资本主义制度感到失望。一种形式的抗议来自社会主义和共产主义政治运动的兴起。社会主义者和共产主义者形成的团体认为，大萧条是不公正的经济体系的必然结果，这种经济体系将富人的利益置于工人阶级的利益之上。他们呼吁将工业国有化，重新分配财富，并加强政府对经济的控制。一种形式的抗议来自工会，工会在大萧条期间实力不断壮大。许多工人将大萧条视为一个要求更好的工作条件、更高的工资和更大的工作保障的机会。他们组织罢工和其他形式的抗议，有时是暴力抗议，以实现他们的目标。其他形式的抗议包括：1932 年的退伍军人游行抗议。1932 年夏天，1 700 多名美国一战老兵在华盛顿特区游行，要求立即支付国会 8 年前承诺给他们的服务奖金。工人占领工厂，以停止生产，直到他们的要求得到满足。总体来说，大萧条是一个社会和政治动荡的时期，美国全国各地的人们都在努力理解周围发生的巨大经济变化。马尔库塞说道："在此我只想提一下古典的论点：资本主义的巨大财富将导致它自己的崩溃。消费社会会不会是它的最后阶段，它的抬棺人呢？"①

菲茨杰拉德的文学作品与大萧条时期紧密相连，深刻地捕捉了爵士时

---

① 马尔库塞. 工业社会和新左派 [M]. 任立, 译. 北京：商务印书馆, 1982：85.

代繁荣与大萧条的经济动荡之间的转折点。其作品里有关繁荣时期的描写、对美国梦的怀疑和批判、对社会阶层的变动、女性地位的变化以及文化价值观演变的关注、对虚荣和真实的反思、对个体命运与整体社会变迁之间的联系的强调。总体而言，菲茨杰拉德的文学作品在多个层面上反映了 20 世纪初期至中期的美国社会，包括了繁荣时期的浮华和大萧条时期的经济动荡。他的文学作品提供了对这个时期社会变迁和个体命运的深刻洞察，在某种程度上可以被解读为对大萧条时期的到来进行了暗示，虽然他的一些文学作品创作于 20 世纪 20 年代早期，即大萧条开始之前，但这些文学作品所呈现的社会氛围、文化价值观的变迁以及对经济繁荣的审视，具有与大萧条时期密切相关的元素。虽然菲茨杰拉德的文学作品并非直接描写大萧条的具体情境，但他在小说中对繁荣时期社会的深刻洞察和对一些负面趋势的揭示，使得他的文学作品成为理解 20 世纪 20 年代和 30 年代社会变革的重要文学资料。

大萧条对西方马克思主义消费社会理论的影响主要体现在理论的演进和对社会现象的反思。尽管大萧条时期（20 世纪 30 年代）发生在西方马克思主义消费社会理论兴起之前，但这一历史事件对后来理论的发展产生了一些影响。大萧条暴露了资本主义体系内部的严重问题，引发了人们对社会结构和阶级关系的深刻反思。这促使一些马克思主义学者重新审视消费在社会中的角色，并思考在经济危机中消费是如何受到影响的。大萧条期间，社会阶层之间的不平等变得更加明显，失业率飙升，无产阶级遭受了巨大的冲击。这使得一些学者对阶级关系和阶级斗争的理论重新产生兴趣。大萧条加深了对资本主义周期性危机的理解。一些马克思主义学者开始探讨消费社会理论如何解释和应对资本主义系统中周期性经济危机的问题，以及分析消费如何受到经济不稳定的影响。大萧条时期，社会的剧变也引起了人们对政治与文化相互关系的关注。马克思主义消费社会理论开始更加强调广告、文化产业和大众文化如何在资本主义社会中发挥作用，而这一点在大萧条背景下显得更为重要。总之，大萧条为西方马克思主义消费社会理论提供了一个更为复杂的社会背景，促使理论家更加关注经济危机对社会结构和文化生活的深刻影响。虽然大萧条并非直接导致了西方马克思主义消费社会理论的出现，但它在理论演进中起到了一定的启发作用。

大萧条对西方马克思主义消费社会理论的发展提供了重要的背景和反思，影响了学者对资本主义社会的认知和研究方向。大萧条是 20 世纪最严重的资本主义危机之一，引起了人们对资本主义体系内部的根本性问题的深刻反思。这促使西方马克思主义学者重新审视经济危机与社会结构之间的关系，以及经济危机对消费和生活方式的影响。大萧条期间，社会结构和阶级矛盾变得更加显著。这使得学者重新关注阶级关系对消费和社会生活的塑造作用。消费社会理论在这一时期更强调阶级差异对消费习惯和文化的影响，以及经济危机如何影响不同阶层的生活方式。大萧条时期的政治动荡和文化变革也引起了学者对政治与文化相互关系的更深层次研究。这促使消费社会理论更加关注广告、文化产业和大众文化在资本主义社会中的角色，并提出了更复杂的政治经济学观点。大萧条期间，社会大众对消费的态度发生了变化，人们对过度消费的批判增加。这在一定程度上促使消费社会理论更关注商品文化、广告和消费文化对个体和社会的影响。大萧条为西方马克思主义消费社会理论提供了一个更为复杂和具有挑战性的社会背景。经济危机、社会动荡和文化变革使学者更关注社会结构、阶级关系和文化生活之间的复杂互动。

大萧条对美国的影响深远，它是 20 世纪 30 年代初期全球性的经济衰退，对美国社会、经济和政治产生了广泛而深远的影响。大萧条始于 1929 年的美国股市崩盘，导致了银行破产、企业倒闭和广泛的失业。美国的国内生产总值（GDP）在短时间内大幅下降，许多人失去了储蓄和财产。这一时期的经济崩溃对美国国民的生计产生了毁灭性影响。大量企业倒闭和生产减少导致了大规模失业。在大萧条的高峰期，美国失业率达到了惊人的水平，许多家庭面临贫困和生计困境。农业领域也受到了重创，农产品价格下降，农民陷入了经济危机。自然灾害的发生加剧了农业困境，导致了大规模的农业土地荒漠化。失业、贫困和经济不稳定引发了社会不安，导致了社会动荡和抗议活动。工人罢工和农民抗议成为常见现象，人们对资本主义体系提出质疑。为了应对危机，美国政府采取了一系列的新政措施，通过立法和政府干预来促进经济复苏。这包括采取社会保障和劳工法规等措施，旨在减缓经济危机并提高社会经济的抵御能力。大萧条的影响不仅仅局限于美国，它对全球经济也产生了波及效应，导致了国际贸易的急剧下降，加剧了全球性的经济困境。大萧条对美国造成了巨大的破坏，但也促使了社会、经济和政治层面的变革，形成了一系列的新政和社会改革，对美国未来几十年的发展产生了深远的影响。

大萧条是20世纪30年代初期的全球性经济危机，对世界各地都产生了深远的影响。大萧条导致了全球范围的经济衰退。各国的国内生产总值下降，国际贸易锐减，导致了广泛的失业和贫困。这对各国的社会和经济结构产生了长期影响。由于全球需求的急剧下降，国际贸易遭受了沉重打击。各国保护主义政策的兴起导致了贸易壁垒的增加，使得全球经济陷入了更加孤立的状态。大萧条为一些国家带来了政治动荡和社会不安。为了应对经济危机，一些国家采取了新政策，增加政府干预，以促进经济复苏。美国的新政是最为著名的例子，但其他国家也采取了类似的措施。大萧条使人们加大了对社会公平和劳工权益的关注。大萧条使得国际金融体系面临危机，导致了人们对金融体系和货币制度的重新思考。布雷顿森林体系的建立是对这一挑战的回应，试图通过固定汇率和国际合作来维持全球金融稳定。由于大萧条引发了对资本主义和自由市场经济的质疑。一些国家和学者开始寻找替代经济体系，试图在社会主义或计划经济模式下解决经济不平等和不稳定的问题。大萧条对全球经济、政治、社会结构和国际关系以及20世纪后半叶的全球发展产生了深远的影响。

大萧条对人类社会产生了多方面的影响，涵盖了经济、社会、政治和文化等层面。①在经济方面，大萧条是20世纪30年代初期的全球性经济危机，导致了全球范围内的国内生产总值急剧下降，国际贸易锐减。大规模的企业倒闭和生产减少导致了大量的失业，许多人陷入贫困，生活困境加剧。②在社会方面，失业、贫困和经济不稳定引发了社会不安，抗议和社会动荡在一些地区变得普遍。经济困境加剧了劳工运动，工人罢工和抗议活动增多，要求更多的工资和更好的劳动条件。③在政治方面，大萧条加剧了一些国家的政治动荡，一些地区涌现出极端主义政权，如纳粹德国和法西斯意大利。为应对危机，一些国家实施了新政策，加强了政府在经济事务中的干预，以刺激经济复苏。④在国际关系方面，国际贸易锐减，保护主义抬头，导致了贸易摩擦，加剧了国际关系的紧张。大萧条的社会动荡和经济崩溃为第二次世界大战的爆发提供了一些背景因素。⑤在文化方面，大萧条时期，文化发生了变革，人们对生活方式和价值观进行了重新思考。⑥在制度方面，大萧条导致了人们对资本主义体系的质疑，人们对社会经济制度进行了重新思考，并加快了社会改革的进程。为防止未来的经济危机，一些国家在大萧条后建立了更完善的社会安全网和社会福利制度。大萧条对人类社会的影响深远，它改变了人们对经济、政治和社会制度的看法，这个时期的教训对于今天的社会和决策者仍然具有启示意义。

大萧条为人类社会提供了一次重大的历史警示，对于经济、社会和政治方面的发展产生了深远的影响。大萧条揭示了资本主义经济系统的脆弱性和周期性危机的存在。这一时期的经济崩溃暴露了经济体系内部的结构性问题，强调了对金融体系、产业结构和消费习惯等方面的更深层次的关注。大萧条时期，无数人陷入贫困和失业。这提醒我们需要寻找合适的制度和政策来缓解社会不平等。大萧条导致了市场对政府干预的需求，新政策的出现表明政府在经济和社会危机中发挥关键作用。这为建立社会安全网和制定有效的经济政策提供了启示，以减轻危机对人们的影响。大萧条对全球经济造成了广泛的影响，强调了国际合作和协调的必要性。大萧条揭示了金融系统的不稳定性，促使人们更加重视金融监管和制度改革。这为建立更为健康和稳健的金融体系提供了启示。大萧条时期的资源浪费和环境问题为人们提供了对可持续发展的思考。这促使人们更加关注资源的合理利用、环境保护和社会的长期健康。大萧条为人类社会提供了宝贵的经验教训，强调了在经济和社会制度中稳定与公平的必要性。

第二章　西方马克思主义消费社会理论与菲茨杰拉德作品的研究意义

西方马克思主义消费社会理论可以被看作马克思主义在 20 世纪后期和 21 世纪初，尤其是在发达资本主义国家中马克思主义学者对社会发展的新一轮思考。这一理论延续了马克思主义的核心观点，但强调了资本主义社会中消费、文化和身份等方面的新问题。西方马克思主义消费社会理论延续了马克思主义对资本主义体制的批判。它关注阶级矛盾、经济基础与上层建筑的关系，以及对资本主义社会变革的呼吁。在这方面，它是对马克思主义的延伸而非根本性的替代。西方马克思主义消费社会理论强调文化、意识形态和符号交流在资本主义社会中的重要性。这与传统马克思主义有所不同，传统观点更集中于经济结构和生产关系。西方马克思主义消费社会理论认为，文化产业和消费品的制造与流通是资本主义制度中意识形态的重要组成部分。西方马克思主义消费社会理论强调身份政治，探讨了在社会中如何通过消费来构建和表达个体的身份。这与传统马克思主义对阶级斗争的着重点有所不同。西方马克思主义消费社会理论认为，除了阶级斗争之外，还需要关注其他社会身份和权力关系，如性别、种族等。西方马克思主义消费社会理论在全球化和后现代性等方面强调了对资本主义发展的新认识。它考虑了信息技术、跨国公司、国际金融体系等全球因素对社会和文化的影响。与传统马克思主义对于国家和生产关系的局限性相比，它提供了更广泛和全球性的分析。总体来说，西方马克思主义消费社会理论是马克思主义学者对传统马克思主义在当代社会变革中的不足之处进行拓展和修正的尝试。它更全面地考虑了文化、身份和全球层面的因素，以更好地解释和理解现代资本主义社会的动态。随着时间的推移，该理论可能会不断演变和发展。

西方马克思主义消费社会理论在社会阶级、资本主义和消费社会的批判方面与菲茨杰拉德的作品之间存在一些关联。西方马克思主义消费社会理论强调社会阶级的存在和贫富差距的扩大。西方马克思主义消费社会理论关注资本主义社会中的物质主义和对消费品的过度追求。菲茨杰拉德的作品表现了 20 世纪初期美国社会对奢侈品和享乐的追逐，但这并没有带来真正的幸福，许多小说中的角色陷入了空虚和无聊，即使他们在物质层面取得了成功。西方马克思主义消费社会理论强调资本主义制度内部的矛盾与虚荣；在菲茨杰拉德的小说中，一些角色对虚荣、社会地位和表面繁荣的追求导致了矛盾和悲剧。使用西方马克思主义消费社会理论来分析菲茨杰拉德的作品，可以突显其对社会阶级、资本主义和消费文化的深刻洞察。通过对这些方面的分析，可以更深刻地理解菲茨杰拉德的作品，以及他是如何反映和评论当时社会状况的。这种分析可以从马克思主义的角度探讨菲茨杰拉德的作品的社会意义和对资本主义体制的反思。

一、菲茨杰拉德作品中的消费现象——以《夜色温柔》为例

《夜色温柔》里处处充满奢靡的消费，这是最高级、最美丽、最强大和最富有的十年，这是爵士音乐、查尔斯顿舞、鸡尾酒、豪华派对、暴力、混乱、黑市非法买卖盛行的十年，这是维多利亚时代伦理与现代价值观之间冲突的十年。年轻一代相信性别解放、叛乱和现代主义，整个社会急剧地变得混乱和动荡，年轻人在消费过程中正经历着举止和道德上的巨大革命；由于从过去的维多利亚时代的道德观念到现代的消费道德观念发生了巨大的文化转变，守旧者们的内心激起了巨大的痛苦，他们无法接受传统道德观念与现代价值观之间的冲突。

（一）物质消费

物质需求不仅限于基本生活必需品的供应，还包括渴望获得更多娱乐性的项目。"有些人'不得不拥有'的某件物品，客观地说他们其实根本不需要；有些寻求情感慰藉和个性表达的人们只是通过购物获得满足。我们中一些人的确是这样的。"①

当戴弗夫妇第一次出现在沙滩上时，妮珂儿的后背"被一串在日光下亮闪闪的奶白色珍珠衬托得十分显眼"②"在她后面是个戴骑师帽、身穿红条纹紧身衣的英俊男子"③，这些装扮表明他们来自那个时代的富裕阶层。他们在海滩上玩得很开心，"四把大阳伞构成一处凉棚，一个可移动的海浴小更衣间，一匹充气的橡皮马"④，尽管露丝玛丽是好莱坞的新影星，也从未见过这些战后制造的第一批奢侈品，戴弗夫妇可能是第一次世界大战后最早购买这些新产品的人。妮珂儿生于富裕的家庭，已经习惯于购买商品和消费超出自己基本需求的物品，她也一定会购买能给人愉悦和享受的物品。在《夜色温柔》第一卷第七章中，当戴弗夫妇在他们的别墅里举行聚会时，妮珂儿塞给露丝玛丽一个袋子——露丝玛丽的母亲曾经非常渴望得到它。袋子里的物品是一支铅笔、一管唇膏、一个小记事簿。妮珂儿认为"东西应该属于喜欢它们的人"⑤。毫无疑问，戴弗夫妇的优雅和体面受到朋友们的钦佩与尊重，他们结交了同样富裕的朋友，这群朋友经常在一起旅行、度假、参加聚会，他们来自同一个社会阶层并且坚持认为自己是尊贵的。

露丝玛丽和妮珂儿一起购物时，妮珂儿帮她挑选了"两件衣裳、两顶帽子和四双鞋"⑥。至于妮珂儿自己"买东西的单子有两页长，此外还买了在橱窗里看见的所有东西。凡是她喜欢而自己不能够用的，她便买了送给

---

① 斯特恩斯·彼得. 世界历史上的消费主义 [M]. 邓超，译. 北京：商务印书馆，2015：4.
② FITZGERALD, SCOTT. Tender is the night [M]. Beijing：China Aerospace Press, 2012：8.
③ FITZGERALD, SCOTT. Tender is the night [M]. Beijing：China Aerospace Press, 2012：8.
④ FITZGERALD, SCOTT. Tender is the night [M]. Beijing：China Aerospace Press, 2012：30.
⑤ FITZGERALD, SCOTT. Tender is the night [M]. Beijing：China Aerospace Press, 2012：58.
⑥ FITZGERALD, SCOTT. Tender is the night [M]. Beijing：China Aerospace Press, 2012：88.

朋友"①。"第一次消费革命所涉及的商品各式各样。尽管一些为数不多的产品转变为真正的消费性商品，但是很容易理解，大部分产品逐渐变成了非必需品。首当其冲的是服装。"② 在《夜色温柔》第一卷第二十二章中，妮珂儿在裁缝店遇到露丝玛丽时，她俩一起在巴黎瑞弗里大道买了人造花和彩色珠串。"她也帮助露丝玛丽选购了一枚钻戒给她母亲，又买了些围巾和新奇烟盒带回国给加州的商业合伙人。她又替她儿子买了希腊和罗马玩具兵，买了好大一堆，花了一千多法郎"③。作为一个来自中产阶级的年轻女孩露丝玛丽羡慕妮珂儿的消费方式，她喜欢上流社会的这种奢侈的生活方式并且不遗余力地与之接近。消费社会为越来越多的购物者创造了新的消费环境，各种流行的商品激发了人们的消费欲望。"在较大的城市里，城市所容纳的人口逐渐增长，城市人口在西方世界整体人口中所占的比例越来越大，百货商店也随之成为延伸消费主义及其带来的梦想和快乐的有力媒介。"④ "这些玻璃窗通过排列出来的商品反射出局外人的形象，彻底改变了局内人与局外人之间的关系。实际上，平板玻璃将购物的概念从满足转变为创造欲望。"⑤ 橱窗里陈列的商品表示了人们的欲望以及他们炫耀的满足感，人们的社会地位与他们的服饰或拥有的商品紧密相关。每个人都强烈渴望成为时尚世界的一分子，尤其是中产阶层出身的迪克·戴弗和露丝玛丽·霍伊特。

日常用品和购物方式是消费社会中人们日常生活的两个方面，而居住消费则以另一种方式反映了人们的日常生活。《夜色温柔》也对戴弗夫妇的戴安娜别墅进行了一番描述："循着白石镶边、两旁鲜花怒放迷蒙一片的小径，她走到俯临海面的一处地方，无花果树上挂着熄灭的灯笼，一张大桌子、几把柳条椅子和一把锡耶纳地方出产的市场用大阳伞，都摆在一

① FITZGERALD, SCOTT. Tender is the night［M］. Beijing：China Aerospace Press, 2012：88.
② 斯特恩斯·彼得. 世界历史上的消费主义［M］. 邓超，译. 北京：商务印书馆，2015：24.
③ 斯特恩斯·彼得. 世界历史上的消费主义［M］. 邓超，译. 北京：商务印书馆，2015：152.
④ 斯特恩斯·彼得. 世界历史上的消费主义［M］. 邓超，译. 北京：商务印书馆，2015：49.
⑤ PRIZER, DONALD. The novels of theodore dreiser：a critical study［M］. Minneapolis：U of Minnesota P, 1976：180.

棵巨松下，整个花园里这棵树最大。"① 法国南部因为其宜人的气候而成为富人们的最佳购房选择地之一，人们的财富和社会地位可以通过其住所的地理位置、环境、家具和内部装饰来显示。戴安娜别墅能俯视地中海，宾客们可以欣赏别墅及花园，这个绝佳的位置象征着别墅主人的财富和身份。这群人在里维埃拉海滩度假时住在高斯酒店。《夜色温柔》的开头是这样形容这座酒店的："在风景宜人的法国里维埃拉海岸上，耸立着一座玫瑰色的神气的大旅馆。泛红的正面有毕恭毕敬的棕榈树遮阴送凉，旅馆之前有短短的一片耀眼的沙滩，近来这地方成了名流和时髦人物的避暑胜地。"② 显然，能够在高斯酒店这样的地方度假避暑，足以彰显富贵名流们的财富与地位。

"最典型的高价消费品还要算 19 世纪末 20 世纪初诞生的汽车。汽车购买始于社会阶梯的顶端，但是迅速向下扩张，到 20 世纪的首个十年，已经普及到美国农民当中，并很快开始渗入到工人阶级。"③ 在《夜色温柔》这部小说里，各种聚会结束后，尊贵的客人们被装进一辆辆精致的汽车里，结对在巴黎兜风。"露丝玛丽非常欣赏，这和好莱坞其他聚会有很多不同，不管后者规模多么盛大。在许多好玩的事物当中，甚至有一样是波斯王的汽车。"④《夜色温柔》第二卷中以倒叙的方式描述了戴弗先生和妮珂儿小姐结婚前的那段时光。当迪克第一次见到妮珂儿时，她坐在一辆豪华的劳斯莱斯中。1908 年，亨利·福特的福特汽车公司生产的福特 T 型汽车将世界推到了车轮上。汽车不仅是交通工具，还是个人的象征性工具，它是地位、权利和声望的象征，拥有汽车已根植于这一代人的心中。汽车为人们的生活提供了极大的便利，可以传达所有者的身份。20 世纪 20 年代的富裕阶层已习惯于乘坐私家车出行。

酒精作为一种消费产品，也象征着消费文化下的生活方式。1920—1933 年，《禁酒令》在美国施行，饮酒在美国受到一定程度的限制。当美

---

① FITZGERALD, SCOTT. Tender is the night [M]. Beijing：China Aerospace Press, 2012：42.

② FITZGERALD, SCOTT. Tender is the night [M]. Beijing：China Aerospace Press, 2012：2.

③ 斯特恩斯·彼得. 世界历史上的消费主义 [M]. 邓超，译. 北京：商务印书馆, 2015：60.

④ FITZGERALD, SCOTT. Tender is the night [M]. Beijing：China Aerospace Press, 2012：120.

国富人旅居欧洲时发现这里可以自由畅饮，特别愉快。美国买卖酒精的禁令使大量的走私者变成了百万富翁，这些人从国外走私酒精并加工蒸馏。《夜色温柔》这部小说中几乎所有的人物都喜欢喝酒，他们经常在喝醉后遇到不好的事情。最明显的例子是迪克·戴弗和阿布·诺斯。在《夜色温柔》第一卷第二章中，当迪克首次出现时，他"两手持着瓶子和几个小酒杯从这把阳伞走到另一把阳伞"①。在《夜色温柔》第二卷第二十二章中，迪克醉酒后遭到警察的殴打，他喝得太多了，他的病人在靠近他呼吸时都会闻到酒味，因此拒绝接受他的治疗，诊所合伙人弗朗兹也放弃了与他的合作。酒精使迪克逐渐失去了头脑，加速了他的堕落。当汤米·巴尔班与麦可斯科决斗时，酒精也起着推动作用。在醉酒的状态下，麦可斯科向汤米发起挑战，当对决进行的时候他仍然处于醉酒状态。尽管麦可斯科决斗以两枪射击的失败而告终，但酒精的作用给读者们留下了深刻的印象。阿布·诺斯也被描述为真正的酒鬼。在《夜色温柔》第一卷第十四章中，当这群人在巴黎观光旅行时，露丝玛丽注意到"阿布·诺斯一直散发着一股酒味儿，两眼也因为饱受太阳晒和喝酒而尽是血丝"②。其他人将阿布·诺斯称为"整天泡在酒里的诺斯先生"③。在《夜色温柔》第一卷第二十三章中，当阿布·诺斯在一家酒吧喝醉时，因为混乱失去了座位，"现在站着，身子微微摇晃，跟一些熟识的人讲话"④。在《夜色温柔》第一卷第二十一章中，露丝玛丽的住所里也发现了一些酒精："凝望架子上那些不太贵重的法国劣质酒——一瓶瓶白兰地、甘蔗酒、甜酒、羼糖、香料、酒精橙汁饮料、白酒、樱桃酒等。"⑤ 在欧洲，这群美国富人必然感到幸福，因为他们可以在公共场所随意喝酒，只要有机会，他们一定会喝一杯的。

战后繁荣的经济为人们提供了丰富的物质，上层阶级沉迷于精致的日常用品、奢侈的购物、精美的住宿、豪华的汽车和各种酒类。"……这些

---

① FITZGERALD, SCOTT. Tender is the night [M]. Beijing: China Aerospace Press, 2012: 16.
② FITZGERALD, SCOTT. Tender is the night [M]. Beijing: China Aerospace Press, 2012: 96.
③ FITZGERALD, SCOTT. Tender is the night [M]. Beijing: China Aerospace Press, 2012: 114.
④ FITZGERALD, SCOTT. Tender is the night [M]. Beijing: China Aerospace Press, 2012: 160.
⑤ FITZGERALD, SCOTT. Tender is the night [M]. Beijing: China Aerospace Press, 2012: 147.

商品决非他们生存所需，也非为传统的炫耀。他们沉迷于获取的过程——购物，并从购买和展示新物品的过程中体会自己的身份和地位。"① "新产品给人们的平凡的日常生活注入了新层次的舒适和娱乐，甚至是有争议性的美丽。很少有人会愿意退回到前消费主义的物质标准。"②

（二）文化消费

"在消费主义的第二个阶段，获得巨幅增长的领域之一是商业休闲。当然，这并不是一个全新的领域，但是现在它几乎控制了人们不用来工作或休息的时间。"③ 群体开始从社交生活中寻求乐趣。对富人们来说，举行聚会和宴会，在欧洲著名的地方旅行度假以及在豪华的餐厅、咖啡店或剧院消磨时间是很正常的。"在工作场所，产生了两种主要的休闲形式：参与活动，这些活动通常需要消费性装备，以及观赏式休闲，这是最典型的消费主义形式"④。

从《夜色温柔》第一卷的第六章到第八章，菲茨杰拉德描写了戴弗夫妇在戴安娜别墅举行派对的场面，戴弗夫妇优雅地出来会客人，这些体面的客人端着鸡尾酒互相问候并谈论各自的事业。透过黑暗的夜空，人们能看见萤火虫、听得见狗吠声。"暖香南方所弥漫的神秘之美已经投入柔和的夜晚和底下地中海海水幽灵般的拍岸白浪中——那种美已离开了夜色和波浪而融合到戴弗夫妇体内，成为他们的一部分"⑤，这是一幅真正的由财富带来的温柔与美丽的画面。在《夜色温柔》第一卷第十七章中，迪克和露丝玛丽被邀请参观一个富有的高个子美国女孩在自己公寓里举办的展览，这个女孩一直"仗着国家繁荣，毫不在乎地花钱到处漫游"⑥。有 30 人参加展览，大半是女性。它们"都穿着尔考特女士或德昔嘉夫人设计的服饰。她们在这房间里走动，就像一个人捡起了一片有锋利缺口的碎玻璃

---

① 斯特恩斯·彼得. 世界历史上的消费主义 [M]. 邓超，译. 北京：商务印书馆，2015：1.
② 斯特恩斯·彼得. 世界历史上的消费主义 [M]. 邓超，译. 北京：商务印书馆，2015：181.
③ 斯特恩斯·彼得. 世界历史上的消费主义 [M]. 邓超，译. 北京：商务印书馆，2015：60.
④ 斯特恩斯·彼得. 世界历史上的消费主义 [M]. 邓超，译. 北京：商务印书馆，2015：61.
⑤ FITZGERALD, SCOTT. Tender is the night [M]. Beijing：China Aerospace Press，2012：58.
⑥ FITZGERALD, SCOTT. Tender is the night [M]. Beijing：China Aerospace Press，2012：115.

那么小心谨慎"①。他们由两类人组成：一类是美国人和英国人。他们常年四处游荡，有时他们安静，有时他们也会吵架。另一类被菲茨杰拉德称为剥削者。他们是海绵，与前一类人相比，他们清醒而严肃，每个人都有目标，所以他们没有时间做蠢事。富人用大量金钱装饰他们的房间，并经常邀请其他富人来参加聚会，这就是真实的派对场面。在《夜色温柔》第二卷第九章中，当迪克在瑞士旅行时也受到芭比·沃伦的邀请参加她所在酒店的聚会，"旅馆的客厅以音响效果著名，这时，一切陈设都搬开了，以便客人跳舞。有一批上了年纪的英国女人，戴着领圈，染了发，脸上的粉搽得粉红泛灰；也有一小批上了年纪的美国女人，脸上的粉搽得雪白，穿着黑衫，嘴唇涂成樱桃红。"② 显然，参加聚会的每个人之前都经过了认真的准备，尽管有些客人上了年纪，但是他们的着装也不失优雅。在上流社会中，优雅和尊严将有助于他们顺利融入圈子。

"舞蹈在商业舞厅中流行——1860 年时，巴黎有 68 个舞厅。渴望旅行的人现在可以凭借托马斯·库克（Thomas Cook）创办的旅行社和美国运通（American Express）这样的旅游服务机构订购商业旅行；当然，他们还得买导游指南。由火车公司组织的一日海滩游甚至将商业休闲旅游带到了工人阶级中。"③ 尽管《夜色温柔》这部小说记录的是美国人的生活，但主要的故事场景却发生在欧洲，富人们在这里旅行，有的甚至是旅居。故事始于 1925 年 6 月某个早晨的法国里维埃拉，高大的玫瑰色的高斯酒店矗立在海滩上，每年夏天吸引着赶时髦的人来到这个避暑胜地。他们白天在海里游泳，躺在阳光下的海滩上，组成小群体聊天或喝酒；到了晚上，他们会在酒店后面的小山上跳舞，或者在附近的某个地方狂欢。迪克和妮珂儿于 1919 年结婚，从那时起，这对夫妻就开始四处旅行。在《夜色温柔》第二卷第十章中，有许多妮珂儿的独白描写，其中一条是："那年我们频频旅行，从乌鲁木鲁湾到比斯克拉都留下我们的踪迹。在撒哈拉大沙漠的边

---

① FITZGERALD, SCOTT. Tender is the night ［M］. Beijing: China Aerospace Press, 2012: 112.
② FITZGERALD, SCOTT. Tender is the night ［M］. Beijing: China Aerospace Press, 2012: 235.
③ 斯特恩斯·彼得. 世界历史上的消费主义 ［M］. 邓超，译. 北京: 商务印书馆, 2015: 61.

缘，我们遇上了一个黄蜂群，司机好心地解释说它们只是大黄蜂。"① 旅行给这对夫妇带来了许多快乐，并且给妮珂儿儿留下了永恒的回忆。对迪克来说，旅行已经成为一种生活方式，离婚后的他也独自旅行，他开车去苏黎世的机场乘飞机去慕尼黑；在这次旅行中，他遇到了汤米·巴尔班并获悉了阿布·诺斯的死讯；他回到美国为父亲的葬礼做安排；回到欧洲后，他遇到了四年未见的露丝玛丽却发现他们之间不再有爱情；他的旅行以醉酒后与警察斗殴而告终。戴弗夫妇拜访玛丽·诺斯的场景特别壮观，当戴弗夫妇一行人蜂拥而至时，村民们看着他们下车敬畏有加，就像100年前拜伦到意大利旅行时的情形一样。在妮珂儿还是小女孩的时候与母亲一起旅行时就将整个旅行系统设计好了。这种消费在那时只属于同时拥有财富和时间的人群。

这群人通常还喜欢聚集在咖啡馆、饭店或剧院中消磨时间。"也是在18世纪末期，餐馆（为游客提供饮食的客栈）开始营业，人们在这里买些饭菜打打牙祭。美食的观念或者法国人（他们引领这种观念的发展）所谓的美食法与这方面的消费主义有着密切关系。"② 在《夜色温柔》第一卷第十二章中，当露丝玛丽、诺斯夫妇、迪克·戴弗和两位年轻的法国音乐家在一家餐厅里等候妮珂儿时，他们看到进入餐厅的人都穿着讲究，有人不断用手心拍拍自己刮得干净的腮帮，有人把已熄的雪茄烟蒂扳上扳下，还有人用手弄弄眼镜、拔拔胡须、摸摸嘴，甚至揪自己的耳朵。在《夜色温柔》第一卷第十六章中，戴弗夫妇、诺斯夫妇和露丝玛丽到法美影片公司看电影，圈子中的大多数人都认识露丝玛丽，因为她是著名电影《掌上明珠》中的女主角。"除了体育之外，流行音乐厅吸引了来自社会各个群体的人流观看定期的歌手、戏剧演员和舞蹈演出。这些娱乐形式为1900年左右开始吸引观众的第一批电影市场打下了基础。"③ 许多文化分析家指出流行文化越来越"商品化"。年轻一代无法抗拒消费冲动和享乐主义，如《夜色温柔》中妮珂儿的姐姐芭比·沃伦和各类男人调情却不打算结婚，

① FITZGERALD, SCOTT. Tender is the night ［M］. Beijing: China Aerospace Press, 2012: 249.
② 斯特恩斯·彼得. 世界历史上的消费主义 ［M］. 邓超, 译. 北京: 商务印书馆, 2015: 26.
③ 斯特恩斯·彼得. 世界历史上的消费主义 ［M］. 邓超, 译. 北京: 商务印书馆, 2015: 61.

玛丽·诺斯和卡罗琳是女同性恋关系，最典型的例子是迪克和露丝玛丽，迪克一直喜欢各类美丽的女孩。露丝玛丽身边围着各种各样的男人，用她的青春和美丽换取财富。

《夜色温柔》中的文化生活也充满了消费，繁荣的经济为人们提供了各种形式的社会交往。人们有很多空闲时间参加聚会或宴会、旅行、在餐厅、咖啡厅或剧院消磨时光。"消费主义休闲的胜利同时改变了消遣方式，从整体上大大延伸了消费主义触角。到1900年，西欧或美国很少有人不会将一天中的部分时间用于观看、阅读或收听某些用来娱乐他们的产品"①。

（三）精神消费

《夜色温柔》里所有的人物都享受国家财富增长带来的狂欢。虽然物质生活和文化生活中的各种消费表现出爵士时代的富足与繁荣，但是繁荣的表面下却暗藏着精神的空虚和颓废。"19世纪晚期到20世纪早期，消费主义的加速发展带来了新一轮的反应。与初期阶段相比，这一轮的反应范围广得多，比较少依赖于纯粹的传统道德"②。

第一次世界大战或多或少地影响着这些人对新生活的向往和对娱乐的渴望。战争的影响弥漫于小说中。虽然第一次世界大战是分水岭，战后时期与战前世界大不相同，喧嚣和娱乐充斥着整个爵士时代，但人们仍继续以各种可能的方式哀悼第一次世界大战。在《夜色温柔》第一卷第十三章中，当这群人参观重建后整洁的战壕时，露丝玛丽阅读碑文并大哭起来。他们发现一个拿着花圈的女孩。"那个女孩犹豫不决地站在坟场门口，手持着花圈。载她来的计程车在等待。她是个赤发少女，特地从田纳西州诺克斯维尔来，她是来她哥哥墓前献花圈的。"③ 在《夜色温柔》第一卷第二十二章中，迪克、露丝玛丽和妮珂儿注意到一群坐在附近的女人，样子既不年轻又不老，她们都是阵亡将士的母亲。迪克从她们的表情中看到了她们的尊严，"那些前来凭吊的态度冷静肃穆的女人，是前来凭吊自己的骨肉

---

① 斯特恩斯·彼得. 世界历史上的消费主义 [M]. 邓超，译. 北京：商务印书馆，2015：62.
② 斯特恩斯·彼得. 世界历史上的消费主义 [M]. 邓超，译. 北京：商务印书馆，2015：78.
③ FITZGERALD, SCOTT. Tender is the night [M]. Beijing：China Aerospace Press, 2012：94.

的，凭吊死而不可复生的人的。"① 尽管第一次世界大战已结束，但它仍然影响着人们的内心世界。

尽管戴维勒克斯·沃伦先生出场的次数很少，其丑恶的面孔却显而易见。他是妮珂儿的父亲，妻子去世后，他没有尽到一位父亲的职责，导致妮珂儿患了精神分裂症。为了掩盖这一罪行，他竟然指责妮珂儿是遭受到男仆的伤害，他把女儿留给苏黎世的医生就离开了。沃伦先生毫无责任感、内心丑陋，自己犯了罪却可以凭借手中的财富让其他人背负这项罪名。他失去了人格的完整性、失去了一个人作为人的底线。

麦可斯科先生是一个无能的人。他只有30岁，但首次出场时连续两次尝试都无法爬上木筏，他的沟通和交流能力很差，因此在正式场合他通常表现得像外星人一样，甚至毫无阅历的露丝玛丽都对他的语言感到羞耻。他是一个伪劣的作家，只擅长复制、模仿和处理他人的作品。麦可斯科站在粗鲁而专横的汤米·巴尔班面前就像是一位滑稽剧演员，他能完全意识到自己的身体不如汤米·巴尔班，却决定与他决斗；但是，在决斗的前一天晚上，麦可斯科彻底崩溃了。露丝玛丽来探望他时，"麦可斯科坐在床上，虽然手持着香槟酒杯，可是酗酒时那咄咄逼人的气焰已经没有了。他似乎很荏弱苍白。他显然整夜都在喝酒写东西"②。原来他整晚都在忙着给妻子写一封遗嘱，他含着泪水告诉露丝玛丽 "我从未读完我的小说。令人心痛的就是这件事……我主要是个文人……我一生做过许多错事，好多错事。但从某方面来说，我也是一个极出名的人"③。决斗前几分钟，麦可斯科对汤米的表现感到非常恐惧，以至于他的精神几乎使自己摆脱了身体。"麦可斯科有点胆怯，溜到阿布身后，喝了一大口白兰地，喉咙咳呛着想一直走到对方那里去。"④ 多么胆怯的形象！但当两人同时开枪而两枪都没打中时，麦可斯科自豪地说："哈，我居然干过了，而且干得相当不错，是不是？我并不胆怯。"⑤ 甚至他的妻子也鄙视他并称他为懦夫，确实是名

---

① FITZGERALD, SCOTT. Tender is the night [M]. Beijing：China Aerospace Press, 2012：157.
② FITZGERALD, SCOTT. Tender is the night [M]. Beijing：China Aerospace Press, 2012：73.
③ FITZGERALD, SCOTT. Tender is the night [M]. Beijing：China Aerospace Press, 2012：74.
④ FITZGERALD, SCOTT. Tender is the night [M]. Beijing：China Aerospace Press, 2012：79.
⑤ FITZGERALD, SCOTT. Tender is the night [M]. Beijing：China Aerospace Press, 2012：81.

副其实。麦可斯科夫人是个肤浅而无聊的女人，总是自以为是，行为举止不当。她到处八卦他人是非，表明她的个人修养较差。四年后的麦可斯科风行一时，他以作家而闻名，因为读者认为他的作品通俗易懂。成功使其自卑感消失，此时他的妻子排场非常大，穿上了女装设计师设计的盛装。在没有精神追求的消费社会中，像麦可斯科这样的人更容易被大众接受，肤浅的文学作品让他登上了榜首。与迪克·戴弗和阿布·诺斯相比，他的结局滑稽可笑。

《夜色温柔》这部小说中还有其他几个带荒芜气息的形象。《夜色温柔》中的众多男性角色几乎没有真正的男性气概，都处在一种颓废的状态中。但是，《夜色温柔》这部小说中的女性角色开始表现出独立的性格，露丝玛丽从小就开始努力赚钱；芭比·沃伦独自跑到领事馆解救被困的迪克；奥古斯丁用酒醉的手挥舞着屠夫的刀；妮珂儿勇敢地与迪克离婚。这些女性角色初步展现出了现代女性的形象。她们不愿意屈从于父权制文化，敢于讲话，无视男性权威，与父权制文化做斗争。女性角色所体现出的精神与男性角色的衰落与绝望形成鲜明对比。蓬勃发展的 20 世纪 20 年代赋予了妇女更多的自由和权利，越来越多的女性成为劳动大军中的一员，因此她们获得了财务独立和选举权。崇尚自由的年轻女性出现了，她们通常是短裙、短发、独立的形象。这个女性团体代表了 20 世纪 20 年代的所有现代事物。她们怀着革命的态度，渴望着享受自己、放弃过去、忽视未来。

在《夜色温柔》这部小说中，人们的精神生活是消耗性的，有些人内心贫瘠而肤浅，而另一些人甚至做有害的事情；新女性以新形象出现，她们变得越来越独立。消费主义的发展和扩张提出了个人目标和社会目标的问题。在不同的时间和地点，许多人表达了他们的担忧，更多的人感觉到了焦虑。消费社会还提出了社会群体之间、性别之间的关系问题。这些问题能够造成沮丧感。消费主义某个阶段的受益者在接下来的阶段可能成为受害者，这些遭受损失的人不会沉默。

菲茨杰拉德的一生与爵士时代沉浮与共，他的作品还原了当时美国社会的真实画面和精神面貌，试图揭示美国 20 世纪 20 年代消费生活的主要表现特征，每个人都难以抗拒消费的影响。"消费主义的发展显示了人类历程中最大的变化之一，确切地说是过去二三百年间全世界所发生的变化……消费主义之所以存在，一定程度上是因为如此多的聪明人推动它，他们的手法日益老练，因为它满足了人们其他的需求。"① 我们应该清楚地看到西方消费社会的弊端并引以为戒，把精神追求放在重要的位置。"控制消费主义是一种挑战，因为很容易遭到它的反控制。除却它背后隐藏的所有的复杂因素，消费主义其实是人类活动的产物，它应该服务于人类的目的。"② 在人类命运共同体已成为不可抗拒的潮流下，我们应该保持一颗清醒的头脑，对待西方各种文化现象应"取其精华，去其糟粕"，用批判的眼光理性地面对各种消费现象。

二、西方马克思主义消费社会理论概述

西方马克思主义是20世纪初在西欧特别是在法国、德国和意大利等资本主义经济发达国家出现的马克思主义理论和思想的一部分。西方马克思主义将马克思主义对经济和政治的分析与文化和社会哲学的元素相结合，更加强调文化、意识形态和意识问题。它强调了理解资本主义经济体系与周围的文化、社会和思想之间的关系的重要性。西方马克思主义影响了一系列知识运动，包括批判理论、后殖民主义和女权主义等。

齐格蒙特·鲍曼把现代社会分为生产社会与消费社会两个阶段，并明确指出："我们的社会是一个消费社会。"③ 消费社会是指在现代资本主义经济模式下，消费行为和消费文化成为经济增长和社会文化发展的重要驱动力、成为整个社会的主要特征和文化现象。消费的基本含义为消耗和使用，属于人的基本生命活动之一④。消费社会的核心是消费行为和消费文

① 斯特恩斯·彼得. 世界历史上的消费主义 [M]. 邓超，译. 北京：商务印书馆，2015：176-177.

② 斯特恩斯·彼得. 世界历史上的消费主义 [M]. 邓超，译. 北京：商务印书馆，2015：183.

③ 齐格蒙特·鲍曼. 全球化：人类的后果 [M]. 郭国良，徐建华，译. 北京：商务印书馆，2001：76.

④ 闫方洁. 西方新马克思主义的消费社会理论研究 [M]. 上海：上海世纪出版集团，2012：11.

化。其特点包括：消费行为成为主要的社会经济活动，消费趋势和消费需求直接影响着整个社会的生产和供应；消费文化成为社会文化的核心，人们的价值观和生活方式都受到了消费文化的影响；营销和广告成为主要的营销手段，商家利用各种手段创造人为的消费需求，从而推动消费的不断增长；消费体验和消费心理成为消费者购买的核心因素，通过不断提高消费的质量和品位，满足消费者的精神和感官需求；消费社会的发展也带来了环境污染、资源浪费和社会价值观念扭曲等问题，需要引起人们的重视和关注。"人们的消费，不仅仅是一个经济学意义上的、根据既定的收入总量来追求商品效用最大化的过程，而且是一个社会学意义上的、根据人们的社会身份来追求个人的社会评价和社会地位最大化的过程。"① 消费社会的兴起对人们的生活、经济和文化都产生了深远的影响，其发展趋势和未来走向是需要我们持续关注和深度思考的问题。鲍曼曾说，"像所有其他的生物，他们要想活下去不得不消费，而且，人不是动物，他们的消费不仅仅是生存所需要的：人类的生存标准要高于'单纯的生理'生存所必需的必需品，因为除此之外，人类还有复杂的社会标准，诸如体面、礼仪和美好生活。"② 在资本主义发展过程中，社会生产能力已经大大超过需求，为了维持盈利，资本家开始通过营销和广告来创造人为需求，从而推动消费文化的发展。消费社会不仅是一个经济现象，更是一个文化现象，它影响到人们的生活方式、价值观念、社会行为等方面，成为当今社会不可忽视的一部分。消费在社会中扮演了重要的角色，人们通过不断消费来获取物质和非物质的满足感，并将消费作为表达自我、塑造个性的手段。与此同时，商家通过营销和广告来创造并满足人们的需求，从而推动产品和服务的不断更新与升级。消费社会的崛起，也为经济的发展带来了新的机遇和挑战。"作为人类生活的核心部分，消费已有一只脚坚定不移地根植于政治和经济领域，而另一只脚则牢固地根植于社会生活和文化方面。"③ 然

---

① 王宁. 消费的欲望：中国城市消费文化的社会学解读 [M]. 广州：南方日报出版社，2005：51.
② 齐格蒙特·鲍曼. 被围困的社会 [M]. 郇建立，译. 杭州：江苏人民出版社，2005：189.
③ 罗宾·科恩，保罗·肯尼迪. 全球社会学 [M]. 文军，等译. 北京：社会科学文献出版社，2001：342.

而，消费社会也带来了一系列问题和负面影响，如个人和家庭的金融负担加重、环境污染和资源消耗问题日益突出。

西方马克思主义消费社会理论认为，当代资本主义的主要矛盾不再是生产资料和生产力之间的矛盾，而是消费和生产之间的矛盾。其核心是强调消费的社会中无限的欲望和有限的能力之间的差异，这反过来又导致了社会的不平等和个人的异化。从马克思主义的角度来看，当代消费社会的最终目标不是满足人类的需求，而是为资本家创造利润。资本家通过生产和销售商品来实现财富积累，而消费者则通过消费来实现个人满意度和社会地位。消费在当代社会中发挥着重要作用，不仅是一种经济行为，更是一种文化和社会现象。对于这一问题，马克思也曾指出，"消费这个不仅被看成终点而且被看成最后目的的结束行为……本来不属于经济学的范围。"① 消费不仅是满足需求的工具，而且具有象征意义，影响社会地位、文化规范和个人体验。在当代消费社会中，政治、经济和社会领域都受到个人主义和竞争的新自由主义意识形态的支配。这产生了新商品的不断创造和消费者需求的无休止扩展，这加深了社会分裂，加剧了个人异化。总体而言，西方马克思主义消费社会理论认为，当代资本主义已经从关注生产转向关注消费，这对社会和个人都有根本性的影响。

西方马克思主义消费社会理论出现于 20 世纪 60 到 70 年代。赫伯特·马库塞、让·鲍德里亚和盖伊·德伯德等学者探讨了消费文化是塑造社会关系并将个人转变为被动消费者的主导力量的观点。就研究现状而言，西方马克思主义消费社会理论对社会学和文化研究领域产生了重大影响。它影响了学者对消费、媒体和传播、全球化和消费文化的研究。该理论也被用于分析消费社会的各个方面，如广告的作用、消费主义对个人的影响以及资本主义发展的矛盾。正如一些学者所描述的："在这儿，广告业通过创造一系列无穷无尽的新概念——有关异国情调、怀旧、希望、浪漫、美丽或者美好生活的情景。这些概念随后被深深植入诸如真空吸尘器、软饮

---

① 马克思恩格斯选集：第 2 卷 [M]．北京：人民出版社，1995：7．

料以及肥皂等日常用品当中。"①西方马克思主义消费社会理论在解释当代消费社会的动态和矛盾方面仍然是一个有影响力的理论框架,但它也受到持续的质疑和批评。这一理论的批评者认为,它过于强调统治阶级的权力,没有给予个人消费者足够的代理权。它忽视了个人的能动性、社会运动的多样性以及对消费文化的抵制,也没有考虑到技术、全球化和文化混杂的作用。他们还认为,它忽视了消费文化的积极方面,如商品和服务获取的民主化以及其推动创新和经济增长的潜力。尽管如此,西方马克思主义消费社会理论仍然是分析资本主义与消费文化之间的关系,理解现代社会中消费的主导作用和政治含义的重要视角。

西方马克思主义消费社会理论所涉及的理论资源十分广泛,大致来说有三个方面,主要包括马克思、恩格斯关于消费、异化和意识形态的理论,以卢卡奇、葛兰西为代表的早期西方马克思主义的文化批判理论,以及由索绪尔创立并由巴特进一步发展的西方符号学理论。

马克思和恩格斯在他们的著作中探讨了消费、异化与意识形态在资本主义社会中的作用和意义。首先,他们认为,资本主义是一种消费主义的经济体系,即生产和消费是不可分割的。消费在资本主义经济中扮演着重要的角色,因为只有通过消费,商品才能被赋予价值。资本主义经济需要不断地推动消费来保持稳定和持续增长。其次,他们认为,资本主义社会中的工人被迫在工作中与自己的劳动产物分离,这导致了他们的异化。从而,资本家可以将工人的价值转化为自己的利润,工人却没有获得任何真正的满足感。此外,马克思和恩格斯认为,资本主义社会中的意识形态是一种掩盖现实的工具。意识形态意味着某些想法、观念和价值观被认为是普遍接受和正确的,但实际上它们是被统治者用来维护自己统治地位的。在资本主义社会中,意识形态被利用来维持资产阶级支配下的社会秩序。综上所述,马克思和恩格斯的消费、异化和意识形态理论认为,这些社会现象使资本主义社会产生了矛盾和不稳定,这些矛盾可能引发社会变革和解放。

---

① 罗宾·科恩,保罗·肯尼迪. 全球社会学 [M]. 文军,等译. 北京:社会科学文献出版社, 2001: 349.

早期西方马克思主义的文化批判理论出现于20世纪初，马克思主义学者开始关注文化领域及对理解社会和政治斗争的重要性。这是对传统马克思主义思想局限性的回应。这场运动的关键人物是格奥尔格·卢卡奇、安东尼奥·葛兰西和沃尔特·本雅明等理论家。他们认为，文化价值观、信仰和实践在塑造社会的集体意识与影响政治变革方面起着至关重要的作用。这一理论的一个关键原则是物化思想，即将社会关系转化为看似自然或客观事实的过程。换言之，历史上原本具有偶然性的社会结构和关系被呈现为不可改变和不可避免的结果。这导致了一种宿命感，阻碍了政治行动并造成了统治循环。另一个重要概念是文化机器的概念，它指的是参与生产和传播文化的各种机构和结构，包括媒体、教育和艺术。文化批判理论家认为，这些机构并非政治中立，而是受制于社会中占主导地位的群体的利益。葛兰西的文化霸权概念对这一理论也很重要。他认为，统治阶级不仅通过胁迫和武力，而且通过发展和传播一套在社会中占主导地位的文化价值观、信仰和实践来维持其权力。早期西方马克思主义的文化批判理论为社会和政治斗争提供了新的视角，强调了文化在塑造意识和政治变革中的重要性。

　　西方的符号学理论是一种研究符号的意义、作用和运用的学说。现代符号学起源于19世纪末的语言学和认知学，后来更多地强调了符号在文化和社会中的作用。符号学理论的代表人物包括苏珊·思克、罗兰·巴特、乔姆·艾克、克劳德·莱维·斯特劳斯等。这些学者都认为，符号是一个重要的概念，是文化和社会中不可或缺的组成部分。同时，他们也强调了符号的多样性，并提出了不同的符号学理论。其中，罗兰·巴特在其《象征学》中提出了符号的三个层次：第一层是符号本身，也是最基本的标记；第二层是符号的意义，即符号所代表的概念和事物；第三层是符号的象征意义，即符号在文化和社会中所代表的意义与价值。乔姆·艾克则从人类的生物学角度出发，研究符号与人类行为和思维的关系。他认为，人类的行为和思维都需要符号的支持与指导，符号是人类文化和社会组织的基础。总体来说，符号学理论强调了符号在文化和社会中的重要性，对于理解人类文化、社会和认知过程具有重要的意义。

鲍德里亚认为，在消费社会中，符号成为支配社会秩序和生活的重要力量。他的理论主要包括以下四个方面的内容：一是符号生产：符号不再是单纯的反映现实，而是被大规模生产、操控和传播。商业、媒体等机构通过对符号的创造、宣传和营销，塑造人们的文化观念和行为模式，进而形成某种消费主义的生活方式和价值观。二是符号消费：人们不再是单纯地购买和使用商品，而是购买符号，并通过符号传递他们在社会中的身份和地位。符号本身往往比商品本身更具吸引力，因为标志身份和阶层的符号才是真正"有价值"的。三是象征暴力：符号构建了社会的象征秩序，并加强了对权力的控制。在消费社会中，符号本身被用作权力的一种表现形式，豪华的符号暗示着高阶级人群的地位、权力和财富，而贫穷者通过模仿并购买这些符号得到了虚假的认同感和自我价值感。四是消费虚无：由于符号本身的价值往往是建立在极其脆弱的基础上，即消费者消费和标志的过程中产生的所有情感、渴望和存在感，而这些往往没有真实的情感基础。人们被塑造成永无止境的消费者，在购买中获得虚无的满足感，进而扭曲了我们对真正生命、幸福和自由的理解。总之，鲍德里亚认为，符号不仅仅是一个独立的表示物，而是人们的生活方式、价值观念、社会结构和权力等方面的关系都在运作的综合体。

三、西方马克思主义消费社会理论视角下的菲茨杰拉德作品的研究意义

资本主义以消费和消费主义取代了生产与利润，成为社会背后的驱动力。"只有资本主义才随同整个社会的统一经济结构，产生出一种——正式的——包括整个社会的统一的意识结构。而这种意识结构正好表现在，雇佣劳动中产生的各种意识问题以精致的、超凡脱俗的、然而正因此而更强烈的方式反复出现在统治阶级那里。"① 这意味着，经济的特点是不断生产新商品，并通过广告和其他形式的媒体创造人们对这些商品的需求。商

---

① 卢卡奇. 历史与阶级意识：关于马克思主义辩证法的研究 [M]. 杜章智，任立，燕宏远，译. 北京：商务印书馆，1992：163.

品的生产不仅仅是基于社会的需要，更是基于为资本主义阶段创造利润的需要。商品生产过剩意味着经常有剩余，这导致需要增加消费以刺激经济增长。西方马克思主义消费社会理论将消费主义视为一种社会控制形式，鼓励个人通过自己的消费习惯来定义自己，而不是通过自己的阶级或政治关系来定义自己。这一概念导致了社会对物质主义的重视，并将商品视为地位的象征。西方马克思主义消费社会理论的核心思想是，资本主义已经将生产转化为消费形式，从而构建了一种意识体系，其中物质主义、个人主义和阶级意识占主导地位。对资本主义消费社会的批判是菲茨杰拉德作品中的一个重要主题。西方马克思主义消费社会理论有助于我们理解菲茨杰拉德是如何对爵士时代的美国文化实践进行深刻批判的，爵士时代的文化实践高度重视消费和娱乐。在菲茨杰拉德的作品中，表达了他对这个国家日益增长的物质主义风气状况的不安。

菲茨杰拉德的作品与西方马克思主义消费社会理论密切相关，具体体现在以下三个方面。一是消费主义。西方马克思主义消费社会理论认为，在现代社会中，消费已经成为社会的主导力量。菲茨杰拉德的小说描述了20世纪20年代美国社会上层阶级的浮华生活和盲目的消费主义，以及其中所蕴含的空虚和虚伪。二是奢侈品和身份认同。西方马克思主义消费社会理论认为，消费者在购买奢侈品时，不仅是为了满足自身的需求，而且会借此来塑造自己的身份和认同感。这个主题也贯穿在菲茨杰拉德的作品中。三是社会阶层和不公正。西方马克思主义消费社会理论认为，在现代社会中，社会阶层已经不再以传统的方式来划分，而通过购买力和消费能力来区分。在菲茨杰拉德的小说中，也经常出现富人和穷人之间的冲突与矛盾，揭示了美国社会中阶层的分化和不公正现象。总之，菲茨杰拉德的作品体现了消费主义、奢侈品消费的身份认同，以及阶层不公的主题，在消费社会理论的框架下进行分析，能进一步深入理解和探讨其艺术价值和社会意义。从西方马克思主义消费社会理论的角度研究菲茨杰拉德的作品在以下四个方面具有重要意义。一是对资本主义与文化之间的关系的洞察。菲茨杰拉德的作品反映了他那个时代的文化，这一时代受到消费主义的兴起以及生产对消费的影响。通过分析菲茨杰拉德在作品中对社会的表现，我们可以更好地理解资本主义在文化领域中的运作。二是对艺术家在资本主义社会中的作用的考察。在菲茨杰拉德的作品中，我们看到艺术家和知识分子如何被财富和名声的承诺诱惑，导致他们成为消费文化的同谋。通过研究菲茨杰拉德如何塑造这些人物，我们可以深入了解资本主义对艺术想象的影响和破坏。三是探索消费文化对个人的影响。菲茨杰拉德的作品经常关注消费文化中个人的愿望和焦虑。通过分析消费主义对其角色的心理影响，我们可以深入了解资本主义价值观影响个人自我认知和身份形成的方式。四是对阶级冲突和不平等的审视。菲茨杰拉德的作品常常聚焦不同社会阶层之间的紧张和冲突。从西方马克思主义消费社会理论的视角来分析这些冲突，我们可以洞察资本主义剥削和不平等在文化领域中的表现方式。总之，从西方马克思主义消费社会理论的角度研究菲茨杰拉德的作品可以加深我们对资本主义、文化和个人之间的关系的理解。

在菲茨杰拉德最著名的小说《了不起的盖茨比》中，以盖茨比为代表的那些新兴的富豪们，以及以黛西为代表的那些富家女们，他们生活在繁华的都市之中，其中令人印象深刻的就是那些大张旗鼓的派对和豪华的府邸。这些丰富而华丽的生活方式，使得人们越来越难以满足自己的需求。这种消费文化的倾向与菲茨杰拉德的小说相得益彰，使他的作品对那个时期的人们有着强烈的吸引力。《了不起的盖茨比》描述了这些刚富起来的人不断追求财富和快乐，他们试图通过购买奢华的物品进入上流社会。这些角色愿意不惜一切代价来实现他们的愿望，即使这意味着是从事腐败和不道德的行为。比如，《美丽与悲伤》中的主人公就是一位把消费文化作为生命的女子。在她看来，消费和享乐是人生的全部，是娱乐和幸福的重要来源。这种以消费为中心的价值观念，就是菲茨杰拉德对消费文化的深刻反映。同样，在《天堂的这一面》这部小说中，菲茨杰拉德探讨了资本主义和消费主义对年轻一代的影响。这部小说中的主人公阿莫利·布莱恩（Amory Blaine）属于特权阶层，他的生活漫无目的，没有任何有用的技能来继承他的家族财富。他把时间花在无聊的活动上，比如参加聚会和听音乐。

菲茨杰拉德的作品描绘了一个充满虚荣、浪费和物质主义的上层社会，同时也展示了外表华丽却充满悲哀和绝望的底层社会。大萧条是在1929年加尔文·柯立芝政府时期爆发于美国的经济危机。经济危机导致许多工厂和银行关闭，数百万人失业，生活陷入困境。在这个时期，菲茨杰拉德的《了不起的盖茨比》出版了。这部小说描绘了20世纪20年代上层社会的荒淫无度和过度追求梦想的生活方式。随着大萧条的到来，大多数人都不得不失去他们的经济来源时，这种过度奢华与浪费的现象就更加让人难以承受。

因此，菲茨杰拉德的作品在一定程度上可以被视为20世纪初美国大萧条的文化产物，它帮助我们更好地理解当时经济危机背景下的社会、文化和价值观的转变，强调了美国社会的逐渐瓦解和分化，对于我们更好地理解当代社会也具有一定的启示意义。首先，菲茨杰拉德的作品反映了当时社会的物质主义和消费主义文化。人们通过物质追求和浮夸的消费方式，过度地消费了家庭和社会的经济积蓄。这种消费模式不仅带来了短暂的满足感，也为经济危机埋下了祸根。其次，菲茨杰拉德的作品揭示了20世纪20年代的社会经济繁荣和快速发展是建立在充满危险的经济基础之上的。这种经济模式缺乏充分的策略规划，导致了许多投机和浪费。最后，菲茨杰拉德的作品反映了20世纪初期的社会分化。在经济危机爆发后，社会上层和中产阶级的生活受到轻微影响，许多社会底层的人和穷人承受了更大的经济压力，导致了社会动荡不安、生活困顿的现象。

菲茨杰拉德的作品为读者提供了一个深入了解美国历史和文化的视角，同时也启发了其他作家创作新的文学风格。菲茨杰拉德的作品对美国文化产生了深远的影响，从而使他成为20世纪美国文学界的杰出代表之一。他的作品揭示了美国20世纪20年代的繁荣和荒诞，反映了那个时代既繁华又浮夸的文化。菲茨杰拉德在其作品中对这种社会现实进行了深入探讨，同时也反映了那个时代的文艺复兴和文化多元性。他的作品也反映了美国文学的多元性和新的艺术风格，如现代主义和意识流等。他的创作风格强调细节、抒情、意象和探索人物的内心世界。这种风格为后来的美国小说作家如海明威和福克纳等开辟了新的道路。

菲茨杰拉德的作品揭示了当时美国社会的一些痛点和问题，如社会阶层分化、道德堕落、物质主义和经济繁荣背后的不安全感等。他的作品在美国文学史上的时代意义主要体现在他对20世纪初美国社会的深刻洞察和批判上。20世纪20年代是美国历史上的一个重要时期，也是美国第二次世界大战前最为独特和复杂的时期之一。这个时期的美国经济繁荣，但也出现了虚荣、物质浮华、人情冷漠等现象。这个时期的美国文艺界充满了新思潮和新文学风格，个性化的表达和情感的探索也取得了重大成就。在这个时期，菲茨杰拉德通过对小说人物的塑造，准确地反映了那个时代的社会风貌和文化现象，揭示了美国梦的虚假和失落，表现了年轻人在对未来充满幻想的同时，也处于道德和生活方式的摇摆之中。这种文学批判对电影、电视剧或音乐等也产生了深远的影响。

尽管菲茨杰拉德的作品主要反映了20世纪早期美国的社会现象和问题，但其中所蕴藏的精神和思想内核在今天仍然具有启示意义。首先，在当代社会中，物质主义和虚荣心依然严重困扰和束缚着许多人。这一现象在各个领域中均有所体现，如商业、社交、文化等。菲茨杰拉德的作品中所揭示的这种虚荣和浮华的文化代价，具有现实意义。其次，菲茨杰拉德的作品描绘了那个时代的社会阶层分化现象。在当今社会，穷富差距依然存在，这个问题影响着人们的健康、生活质量、教育和个人发展等方面。人们需要深入思考如何实现社会的公平和机会平等。最后，菲茨杰拉德的作品也探究了年轻一代的成长问题。在当今社会，教育和人才的培养也是十分重要的议题，年轻一代面临诸如人际关系、职业规划、生活方式等问题。他的作品让人们深入思考成长的价值，探寻自己的人生轨迹和规划。菲茨杰拉德的作品可以帮助人们深入思考当代社会面临的诸多问题，包括物质主义、社会阶层分化、教育和个人成长问题等。

研究菲茨杰拉德的作品可以帮助我们更好地理解20世纪初美国的历史背景和文化氛围。通过对他的作品的研究，我们可以更好地了解那个时代的社会背景和文化特征。菲茨杰拉德的作品对美国文学的发展产生了重要影响。他的作品被认为是美国现代主义文学的代表作之一，同时也开创了一种新的文学风格和写作技巧。通过研究菲茨杰拉德的作品，可以更好地了解美国文学史上的重要转变和发展。通过对他的作品的研究，我们可以更好地理解当今社会中存在的一些问题，并思考如何解决这些问题。菲茨杰拉德的作品对文学研究和教育具有重要意义，他的作品被广泛地研究和阅读，其思想和风格也成了文学写作中的重要参考。通过对他的作品的研究和分析，可以提升我们的文学素养和写作能力。综上所述，研究菲茨杰拉德的作品具有重要意义。通过对他的作品的研究，我们可以更好地理解历史背景和文化特征，了解美国文学史上的重要发展，认识当今社会中存在的问题。

在中国，有一个由来已久的消费主义批判传统，可以追溯到古代。在中国传统哲学中，消费主义经常被批评为道德沦丧和社会衰落的根源。例如，中国古代著名的思想家孔子认为，个人应该关注道德修养和个人成就，而不是物质财富。同样，道教哲学强调追求简单节俭的生活方式，这被视为避免被物质世界的欲望所干扰的一种方式。道教的无为概念，即不作为，表明个人应该与自然和谐相处，避免过度消费和浪费。尽管中国对消费主义的批判在历史上采取了各种形式，但它始终强调追求简单节俭的生活方式，与自然和谐相处，关注道德和个人成就，而不是物质财富的重要性。今天，这种批判传统在中国仍在延续，它仍然是中国文化和哲学的一个重要方面。

现代消费主义批判在中国源于20世纪80年代末90年代初，随着中国经济改革的深入推进，国内出现了一些消费主义批判的声音。当时，一些知名学者和文化人士开始对社会中的消费主义现象进行反思与批评，提出了一些新的观点和思想。那个时期，中国社会快速发展，物质文明似乎正在追赶西方发达国家。然而，与此同时，社会也出现了消费主义、功利主义以及一些负面的后果。消费主义批判大多着眼于如何让人们跳出虚荣与功利的泥沼，寻找真正的文化内涵与生命价值。在当时和之后的一段时间里，消费主义批判在中国学术和文化领域内得到了广泛的关注和持续的发展。学者们已经注意到，消费主义不仅激发了物质欲望的挣扎，还模糊了大众文化的界限。他们的讨论不仅反映了西方的思潮和现象，也反映了中国近代历史、文化传统和现代化进程中存在的矛盾与危机。随着时间的推移，消费主义批判在中国的发展也让人们开始逐渐关注其他方面，如生态危机、社会公正和文化认同等问题。近几年，随着人民生活水平的提高，人们对消费主义的质疑越来越多，同时也逐渐加深了对环保和生态平衡的重视。

近年来，中国对消费主义的批判呈现出新的维度。它是由对部分不平等现象、环境退化和文化价值观的担忧所驱动的，并已成为中国知识和文化话语的一个重要方面。许多知识分子认为，消费主义不仅是一个道德问题，也是一个政治和环境问题。他们认为，追求物质财富和地位可能会导致过度的消费模式，从而加剧收入不平等和环境退化。为了解决这些问题，越来越多的中国公民和组织已经开始促进真实和可持续的生活。许多人正在寻求过一种更简单、更有意义的生活，他们将社区、个人福祉和环境保护等核心价值观放在首位。一些人主张发展生态农业、绿色交通和可持续能源生产。总之，中国对消费主义的批判是一种复杂而不断演变的现象，反映了中国面临的更广泛的社会、环境和文化挑战。它深深植根于中国的历史和文化传统，被许多人视为中国持续追求可持续发展和进步的关键因素。

菲茨杰拉德的小说揭示了人们通过追逐虚荣和表面繁荣来寻找幸福的危险。在中国，人们可能面临相似的挑战，即过度追求物质和外在形象，而忽略了内在的真实价值和人际关系。菲茨杰拉德小说中的角色命运的悲剧，可能提醒人们在消费社会中要更加关注精神层面的需求，而不是过分沉溺于表面繁华。菲茨杰拉德的小说反映了消费文化对个体身份的影响。在中国，随着经济的增长，人们越来越注重品牌、时尚和文化消费，这可能塑造了个体的身份认同。菲茨杰拉德的小说中的角色或许可以提醒人们审视这种文化消费对个体自我认同的影响。菲茨杰拉德的作品可以启发读者对消费社会中的一些重要问题进行深刻思考，包括对虚荣、阶级差距、文化消费和全球化的理解。这些启示可能有助于个体和社会更加理性面对当代社会的挑战。菲茨杰拉德的小说也提供了一个文学的视角，帮助我们更深刻地理解社会、文化和人性的复杂性，以及在不同时空背景下个体和社会面临的共通性的问题。

第三章　异化理论视角下的作品解读

资本主义社会中的异化是指人们在生产和劳动过程中的自我丧失、人际关系错综复杂、物化等表现。马克思首先提出了这一概念，指出资本主义社会把劳动者转化成商品，使其失去了自我意识和人性，自我孤立、群体隔离并缺乏社会联系，最终导致社会的疏离和消极情绪。"劳动所生产的对象，即劳动的产品，作为一种异己的存在物，作为不依赖于生产者的力量，同劳动相对立。劳动的产品是固定在某个对象中的、物化的劳动，这就是劳动的对象化。劳动的现实化就是劳动的对象化。在国民经济学假定的状况中，劳动的这种现实化表现为工人的非现实化，对象化表现为对象的丧失和被对象奴役，占有表现为异化、外化。"① 在资本主义制度下，劳动者为了获得生计，必须出售自己的劳动力，而生产资料的所有权则掌握在少数资本家手中。这种差别造成了工人与生产资料之间的隔阂和矛盾，使得工人在生产过程中丧失了对劳动的控制和认同感，而被迫变成一个没有人性的机器操作者。同时，人们因为生产需求而互相竞争，因为利益原因而情感匮乏，这使得人际关系变成了僵化的经济关系，缺乏人情味和社会责任感。资本主义社会中的物化现象表现在商品经济是以物的交换为基础的，一切文化、人际关系、城市建筑、自然都被给予了"货币价值"。从劳动成果本身的角度来看，即产生了"当我们的劳动产品被资本家所占有的时候，它们便将成为别人的财产和权力的象征，而我们则降为别人的奴隶"这样的情况。

---

① 马克思. 1844 年经济学哲学手稿 [M]. 北京：人民出版社，2000：52.

马克思在《资本论》中阐述了资本主义社会的异化问题。他认为，资本主义社会的异化表现在劳动异化、物化异化、社会异化和自我异化四个方面。在资本主义社会，工人将自己的劳动卖给资本家，工人的劳动成为资本家的私有财产，工人失去了对自己劳动成果的控制和支配权，工人所做的事情与自己有机会完成的愿望和需求相背离，这种现象就是劳动异化。"异化劳动从人那里夺去了他的生产的对象，也就从人那里夺去了他的类生活，即他的现实的类对象行，把人对动物所具有的优点变成缺点，因为从人那里夺走了他的无机的身体即自然界。"① 在资本主义社会，商品成为支配人们的中介物，人们的交往关系变成了商品的交换关系，人们对商品的欲望和需求成为支配他们的动力，人与人之间的关系变得非常冷漠和扭曲，这种现象就是物化异化。在资本主义社会，人们可能会失去对自己生活的支配权和自由，社会机器变成了超自然的、人为和不可控制的东西，人们无法改变和控制社会自己的生产和工作条件，这种现象就是社会异化。马克思指出："人同自己的劳动产品、自己的生命活动、自己的类本质相异化的直接结果就是人同人相异化。"② 在资本主义社会，人们将自我转化成了一种客观化的、独立的和确实存在的东西，人们成为他们所创造的事物的附属物，而不是事物的主宰者和创造者，这种现象就是自我异化。马克思主张，为了摆脱资本主义社会的异化，必须通过社会主义的方式使工人重新获得对自己的劳动成果的支配权，建立合作的生产关系，促进社会主体之间的交流和合作，达到人民共同富裕和人的全面发展的目标。

一、异化理论视角下的《人间天堂》

《人间天堂》这部小说揭示了工业文明下的人与工作之间的不和谐关系，以及劳动的虚无感和疏离感。菲茨杰拉德描写了一种工作方式和工作者的关系，这种方式和关系使得劳动失去了其本应具有的人类特征和个性

---

① 马克思. 1844 年经济学哲学手稿 [M]. 北京：人民出版社，2000：58.
② 马克思. 1844 年经济学哲学手稿 [M]. 北京：人民出版社，2000：59.

化。这种现象被称为劳动异化，它是工业社会中面临的重要问题之一。小说中的主人公阿莫利和其他人物经历了劳动方面的压迫和疏离，暴露出劳动异化的现象。这种现象指的是个人和工作之间的疏离、分离与非人性化，工作的本身和工作者之间的关系变得越来越陌生和难以理解。在批判当时的社会和经济制度的基础上，小说对劳动异化所带来的负面后果进行了反思和探讨。小说中的许多角色都面临工作中的压力，他们必须不断地为了生存而承担无意义重复性的工作。他们的工作变成了简单机械的执行，不具备实现自我和内在价值的机会与乐趣。"人自己的活动，人自己的劳动，作为某种客观的东西，某种不依赖于人的东西，某种通过异于人的自律性来控制人的东西，同人相对立。"① 当员工感到自己的劳动被对待为一个简单的生产工具，他们很容易失去对工作的兴趣和投入，从而处于疏远的、无生产性的、非人性化的状态。他们被迫接受一种被动的工作方式，他们有时候必须无所适从，成为单纯的执行者，毫无任何发言权或决策权。工作与工作者之间的关系变得难以理解，工作本身成为充满无意义重复或无法获得满足感和成就感的责任。这导致了员工在社交、精神上的疏远，而且不允许员工在工作中发挥自己的特长。"只要肉体的强制或其他强制一停止，人们会像逃避瘟疫那样逃避劳动。外在的劳动，人在其中使自己外化的劳动，是一种自我牺牲、自我折磨的劳动。"② 阿莫利就是一位经历了劳动异化的人，他在寻求事业和成功时，被迫接受了工作中的异化和压迫。他感到工作无趣、平庸，被太多的无止境的形式以及一无所获的期望束缚，使他无法实现自己的野心与梦想。这种异化让他们重新思考其生存和发展的方向。许多角色为了生存而不得不进行毫无意义的劳动。这种劳动方式导致了工人与他们所从事的劳动之间的疏离。他们忽视了工作本身，只关注报酬和生存。这使得他们无法从工作中获得满足感和成就感，没有与所做的事情产生情感上的联系，因而让他们在工作中感到疏远和苦闷。他们都被迫接受消极的工作方式和雇佣制度，被要求在不断

① 卢卡奇. 历史与阶级意识：关于马克思主义辩证法的研究 [M]. 杜章智，任立，燕宏远，译. 北京：商务印书馆，1992：147.
② 马克思. 1844 年经济学哲学手稿 [M]. 北京：人民出版社，2000：55.

工作中将自己看成机器，而不是人。毫无疑问，这种劳动方式导致了工人与工作的疏离感，使劳动者无论是在精神还是在肉体上都难以获得工作满足感和情感认同。阿莫利的工作成为一种仅仅是为了赚钱的工具，远离其抱负和人生追求。他感到自我被压抑，变得孤独、无助和疏远，对工作失去了信心和激情。阿莫利在寻求事业和成功的途中，他被迫接受了工作中的异化和压迫。即使在仕途中取得了成功，但他的工作仍不会给他带来真正的满足感和成就感，也不能实现他的抱负。这个过程使得他感到疏离和苦闷，使他意识到自己的工作只是他利用时间来挣钱以及追求社会地位的手段，而不是实现自己的抱负和理想。阿莫利对自己的工作感到不满，因为他的工作并不是为了实现自己的抱负，而是为了别人。在这个过程中，他丧失了工作的自豪感。小说表现了作者对工作的价值和对劳动者的满足感和成就感的重要性的强烈呼吁，提醒人们要重新思考工作的本质和人与工作之间的关系。"如果我们纵观劳动过程从手工业经过协作、手工工场到机器工业地发展所走过的道路，那么就可以看出合理化不断增加，工人的质地特性、即人的——个体的特性越来越被消除。"[1]《人间天堂》是一部反思与探索劳动异化现象的小说，倡导人们重新思考工作的意义，深入了解工作与个人意义的关系。《人间天堂》这部小说呼吁人们重视工作所带来的成就感、自我实现和自我认同，平衡和谐地发展经济和工业，合理解决人类文明中的伦理和精神方面的问题。菲茨杰拉德描绘了一个残酷的劳动世界，人们在工作场所中感到被剥夺和压迫，这同时反映出了一个包含广泛的心理和生理部分的驯服与疏远。《人间天堂》这部小说表达了劳动的意义和工作满意度的重要性，那是人们实现个人和社会价值的基础。它呼吁社会和经济制度要能够更为平衡地发展，充分利用人的天赋和创造力，从而实现人们对价值、认知和生存多重层面的创造性和自我实现，使劳动和经济制度真正服务于人的需要。

菲茨杰拉德在《人间天堂》这部小说里运用了物化、异化的主题来描写那些身处都市中的人的经历，强调了城市空间中异化的物的存在感。商

---

① 卢卡奇. 历史与阶级意识：关于马克思主义辩证法的研究 [M]. 杜章智，任立，燕宏远，译. 北京：商务印书馆，1992：149.

品被描写为孤立的事物，它们缺乏生命力和情感，更像是为满足人类需求而被制造的无机物体。可这些商品成为城市生活中人类的归属感和认同感，同时又有着隔阂感和异化感。"在一个压制性总体的统治下，自由可以成为一种强有力的统治工具。个人可以进行选择的范围，不是决定人类自由的程度……自由选举主人并没有废除主人或奴隶的地位。如果广泛多样化的商品和服务维持着社会对艰难困苦的担惊受怕的生活的控制——即，如果它们维持着异化——那么在这些商品和服务之间进行自由选择并不意味着自由。"[1] 在这种过度依赖物品所带来的生活方式中，人们的生活变得缺乏了内涵和深度，人们的个人性格和价值也变得模糊。阿莫利的父亲是一个成功的商人，他为儿子提供了数额巨大的财产，使得阿莫利拥有了充分的物质保障。然而，在阿莫利的人生中，这些物质变成了一种负担，他渴望更多，但追求更多却让他失去了真正的快乐。他感到自己与身边的人和物品脱节，并进一步变得孤独和空虚。这种物质生活让阿莫利产生了一种物化的感觉，失去了对生活的真实体验。他一度疏远了亲人和朋友，陷入了一种孤独的状态。物质追求渐渐让阿莫利变成了一个不易满足的人。他渴望更多的物质财富和地位，但这种贪欲并没有给他带来真正的快乐。在这种情况下，他感到自己与现实脱节，对人与物都变得冷漠。城市成为一种异化的空间，人们生活在疏离和缺乏人情味的物质世界中。这样的生活方式使人感到孤独、空虚，对于现实世界的真实性也产生了怀疑。人们狂热地追求着名牌商品、金钱和无聊的娱乐，这种欲望对于人的道德和价值观念构成了威胁。此外，与物品和现实世界中的异化和疏离相对应，人和自然之间的联系被认为是一个符号，来表达那些被这种异化忧虑的人们内在的需求和渴望。阿莫利年轻时体验了城市生活的繁华和魅力，但随着时间的推移，他意识到这样的生活方式过于简单。阿莫利离开城市，寻求个人的内在成长，他在自然环境中找到了内心的平衡。菲茨杰拉德通过描写人类与自身的异化现象，强调了城市生活对于人类的影响，人们沉迷于物质生活的过程中，"渴求与众不同的、个人化的服务、原创

---

① 赫伯特·马尔库塞. 单向度的人 [M]. 张峰, 吕世平, 译. 重庆: 重庆出版社, 1987: 8.

精神以及多样化等内容"①，失去了真正的个性，最后变得疏离、孤独。他认为，人们应该让自己从物质中解脱出来，寻求自我发展和内在成长，这才能真正实现个人价值和与他人建立起有意义的联系。通过这些人物的经历，作者揭示了金钱和物质带来的表面上的快乐并不能解决内在的问题，反而产生了异化。他强调精神成长和物质生活之间的平衡。只有在人们关注物质生活的同时，寻找个人的真正价值，才能获得真正的幸福。作者揭露了金钱购买不了幸福的现实，强调了物质生活和精神成长之间的平衡，即只有把个人的物质追求同包含人文关怀在内的价值观相结合，才能获得真正的幸福和满足。因此，菲茨杰拉德在《人间天堂》这部小说中呼吁人们反面思考和审视过度依赖物所导致的生活方式，提出将人与自然、人与社区和谐地联系起来，寻求个人内外合一的真正价值。他认为在寻求这种内在满足和价值的过程中，人才能真正摆脱物理环境中的漠视和忧虑，感受到内心的真正平静与满足。

在《人间天堂》这部小说中，菲茨杰拉德也描绘了一幅异化的社会画面，人们之间的关系变得复杂而疏远，通过阿莫利的人生经历，探讨了社会异化的主题。社会异化主要表现为人们相互之间的隔膜、分离和无法沟通的状态。阿莫利不断地探求自我意识和社会意识之间的关系，他的生活和身份是由社会决定的，但他却感到自己在这个社会中无处立足。阿莫利在校园生活中深陷于虚荣、权利和身份之争中，感觉无法获得真正的自我认可，随着时光的推移，他发现这种生活并不能带来幸福，反而更加孤独和空虚。除了阿莫利外，《人间天堂》这部小说中的其他角色也经历了社会异化。例如，阿莫利的女友罗莎琳和阿莫利的一位同学瑞斯特，他们也都有着独自追求自我实现的需求，但他们最终却无法在这个人际关系复杂的社会中实现自己的梦想。菲茨杰拉德反复强调了人与现实世界之间的隔膜，并探究了这种隔膜的根源和本质。《人间天堂》这部小说反映了当时年轻人所面临的问题，如利益冲突、归属感缺失等，这些问题在现代社会当中依然存在。人们常常被卷入竞争和利益的漩涡中，感觉自己在这个世

① 罗宾·科恩，保罗·肯尼迪. 全球社会学 [M]. 文军，等译. 北京：社会科学文献出版社，2001：354.

界上无法获得真正的认可和归属感。这种社会异化让人们感到孤立和疏离，大多数人无法从这种状态中解脱出来，只是不断地追求更多的物质和世俗的成就来安慰自己的内心。菲茨杰拉德通过小说呈现出了一个处于变革时期的社会，这个社会面临巨大的挑战和变革。这个时代的人们在人际关系、生活状态和内在价值观等方面面临一系列的新问题与挑战，这些问题导致了人与人之间的疏离和隔阂，使得归属感和互信度逐渐消失。这种社会异化状态反映了现代城市社会中的普遍问题，特别是在经济发展迅速的时期。菲茨杰拉德认为，社会异化状态让人们感到孤独和疏离，并且这种状态常常被现代社会的快节奏和物质文化强化与加剧。他呼吁，人们向内寻找，反思和探究自己的内在需求，在与自我真正的对话中实现内外合一的状态，从而重新建立起与他人和社会的联系。他指出，建立与社会真正的沟通和联系是解决社会异化问题的关键。他呼吁，人们要更加关注自我内心的需求和价值，从而重新融入社会，并与他人建立起有意义的联系。他认为，在与自我的对话中，人们才能找到真正的归属感和内在平衡，在这个世界上找到属于自己的位置。菲茨杰拉德认为，解决这种社会异化问题需要人们开启一种内省的方式，重新审视自我价值，理解自我的归属感，并最终重新融入社会。在这个过程中，人们必须向内寻找，了解和探究自己的内在需求，并且在自我真正的对话中实现内外合一的状态。只有通过这种方式，人们才能真正摆脱物的疏离和隔膜，无须依赖物质来为自己寻找价值和认同。菲茨杰拉德将这种社会异化的现象视为一种社会病态。他认为，这是 20 世纪初期西方现代化进程的一种副作用，是人们在逐步失去自我，同时难以找到符合自己内心需求的结果。笔者从阿莫利和罗莎琳的经历中提醒人们不要过度关注外部的物质追求、过度倾注于自身的情感体验，以此深度理解自我，获得内在的平衡，才有可能找到与他人、与社会和解的途径。

自我异化也是《人间天堂》中一个重要的主题，自我异化被描述成一个普遍存在的现象。主人公阿莫利的经历向我们揭示了一个充满不确定性和迷失的社会。"人把自身当作现有的、有生命的类来对待，因为人把自身当作普遍的因而也是自由的存在物来对待。"① 阿莫利经历了自我异化的过程，他试图通过追求名望、地位和物质财富来实现自我价值和社会认知的平衡，但最终却在这种追求自我外展的过程中自我异化。阿莫利感受到了生活的孤独和疏离，意识到他内在的需求和社会经验之间的巨大差异，这让他迷失了自我和方向。阿莫利在追求自我意识和社会意识之间的平衡中，不断探索自己在这个社会中的价值和位置。阿莫利常常感到自己处于一种孤独和疏离的状态，他的内在需求与社会所期望的完全不同，这让他感到迷茫和无措。他试图通过追求名望、物质和地位来突破这种自我异化的状态，但这些追求最终都被证明是徒劳的。自我异化是现代社会的一个常见问题。在充满竞争和利益冲突的社会中，人们很难真正了解自己的需要，这种疏离和失去方向感可能会导致人们在追求生活目标时迷失自我。菲茨杰拉德通过阿莫利的经历，呼吁人们应该更加关注自己内心的需求和价值，并从内心出发重新定义自我。菲茨杰拉德认为，自我异化也是现代社会的一种困境。菲茨杰拉德并没有完全反对个人追求名望、地位和物质财富，而是要求人们要明确自己追求这些的原因，从而更加准确地认识自己的定位，避免因为追求过度导致自我异化的问题。他强调，人们应该始终关注自己内心真正的需求，不要忽视自我完整的价值，以此来不断探索和定义自我的位置。人们在逐渐发现自身价值的过程中，可以建立更加健康的人际关系并与社会更好地融合在一起。通过对自身内在和其他人的关系的不断探索与解决，人们可以最终找到真正适合自己的位置，并最终与世界和解。菲茨杰拉德认为，通过不断地探索自身的内在和与他人的关系，可以逐渐找到自己适合的生活方式，从而实现自我和社会的和谐。

二、异化理论视角下的《美丽与毁灭》

在《美丽与毁灭》中，劳动异化是一个重要的主题。菲茨杰拉德通过描写主人公安东尼的生活，呈现了劳动异化的概念。他的财富和社会地位源自家族的继承，而不是通过自己的努力、创造力和付出获得的。他从来

---

① 马克思. 1844 年经济学哲学手稿 [M]. 北京：人民出版社，2000：56.

没有真正体验过激情澎湃的工作，也没有能够从工作中获得任何真正的成就感和满足感。他的生活被虚荣、浪漫和享乐占据，与大多数人在劳动方面的生活完全不同，他甚至感到自己的生活没有一点意义。安东尼是一个社交名人和享乐主义者。他的生活缺乏真正的意义和目标，他的工作也没有给他带来真正的成就感。事实上，他感到非常空虚和无聊，患上了酗酒和精神上的疾病。安东尼的劳动异化反映了资本主义社会中普遍存在的问题。在这个社会，人们往往被迫从事并不感兴趣的工作，为了生存而工作，这种状况导致人们失去了自己的个性和独特性，他们只是为了赚钱而工作，这使得他们的生活变得空虚、乏味和毫无意义。通过安东尼的故事，菲茨杰拉德强调了自我价值实现对于真正的自我满足感至关重要。他认为，人们必须被激励去追求自己感兴趣的事情，并拥有自己的创意和想法。

在资本主义社会，很多人不得不从事他们并不满意的工作，仅仅是为了谋生。这种工作对他们的自我发展和实现产生了负面影响，使他们陷入了劳动异化的状态。菲茨杰拉德在《美丽与毁灭》这部小说中也揭示了社会上不同阶层之间的劳动异化。由于社会阶层之间的差异，一些人对工作充满热情和动力，而其他人则被迫从事繁重、低效和没意义的工作。这种不平等导致了劳动力的浪费，使得生产过程变得低效。菲茨杰拉德还探讨了资本主义社会中的劳动异化问题。他认为，在这样一个社会中，人们往往是为了工作而工作、为了生存而生存。人们被迫去从事并不感兴趣的工作，这种状况使得人陷入了劳动异化的状态。菲茨杰拉德通过描写安东尼的生活，告诉我们，在这个资本主义社会中，如果我们追求的只是金钱、权力和享乐，那么我们永远无法获得真正的幸福和满足感。在《美丽与毁灭》这部小说中，菲茨杰拉德试图探讨人们对于工作、生活和自我认同的看法。许多人为了谋生而不得不从事他们并不喜欢的工作，从而导致他们的劳动异化。安东尼就是这样一种人，他的工作并不令他满足，也没有给他带来什么真正的成就感。他的生活完全被富裕和享乐占据，但这些东西并没有真正使他快乐。最后，在《美丽与毁灭》这部小说中，菲茨杰拉德希望人们能够反省自己的生活、工作和价值观。他认为，真正的幸福和满足感来自对自己的工作和生活的掌控，以及对自己的目标和价值观的追求。只有当我们找到自己真正感兴趣的事情并努力为之付出时，我们才能获得真正的成就感和自我满足感。通过安东尼的故事，菲茨杰拉德向我们阐明了一个观点：生活的意义不局限于金钱和享乐，更在于追求自我价值的实现。只有在我们做了自己真正感兴趣的事情，并为之付出真正的努力时，我们才能获得真正的成就感和自我满足感。财富、社会地位和娱乐这些东西并不能带来真正的幸福与满足感。相反，真正的幸福和满足感来自对自己的工作和生活的掌控，以及对自己的目标和价值观的追求。菲茨杰拉德还通过安东尼和他的朋友的故事，呈现出了社会阶层之间的劳动异化，不同层次的人在工作方面的态度和工作能力都不同。劳动异化在一定程度上使得人们难以充分展示自己的才华和能力，特别是对于那些处于较低社会阶层的人。这在一定程度上会浪费劳动力和降低生产效率，使得社会的整体进步受到影响。

在《美丽与毁灭》这部小说中，菲茨杰拉德通过描述人与物的关系探讨了物化、异化的问题。首先，小说中的人物的身体、外在形象以及财富地位被放大了。这部小说强调了人们对身体和外表的过度关注、追求，导致他们的内在价值被忽视。比如，安东尼的妻子格洛丽娅经常着重关注她的外表和衣着，以此来博取别人的注意和欣赏。但她并不关心自己的内在，这使得她的生活变得表面化和空洞。安东尼追求外貌、身体、财富和享乐的生活，就像他的现实本质就只是一个物体一样。他把自己作为一个拥有权力、地位和财富的物质存在，忽视了精神层面上的发展和内在价值的实现，这表现了人与自己的本性的异化。他的财富、衣着和社交地位都被他用来满足他自己的虚荣心和想要被查看的渴望，而不是用来实现任何实际价值或寻找自我价值。其次，《美丽与毁灭》这部小说也描写了人们不断追求物质财富、奢侈品和享乐的生活方式，忽视了人文关怀和精神层面的需求。比如，安东尼和他的朋友经常花费大量的金钱来追求社交活动、体验和旅行，却很少有时间和精力从事有意义的精神活动，如涉猎文艺作品、文学创作和思考自己的价值观。《美丽与毁灭》这部小说中许多角色的身份、性格和关系都被城市的物化时代塑造。物化的生活方式让他们变得虚荣、冷漠和贪婪，无法真正理解自己和别人的价值与需求。他们的精神世界因此倾向于变得浅薄。从《美丽与毁灭》这部小说中还能够看到社会对于金钱和物质的追求所导致的异化与物化，安东尼以及他的朋友们通过消费物质财富、奢侈品以及享乐的方式来默认自己的身份地位，但却忽视了人文关怀和精神上的需求。这让他们在追求快乐的同时失去了精神上的满足和成长。最后，《美丽与毁灭》这部小说还通过描写安东尼与他的继承人家庭的关系，表现了社会继承和金钱对于人们生活与幸福的困扰和压迫。虽然安东尼拥有了丰厚的财富和遗产，但他的财富和地位却依赖于他的继承人家族的历史。这种依赖让他感到被束缚，他无法独立自主地过上有意义的生活。菲茨杰拉德还通过《美丽与毁灭》这部小说强调了社会分层对于人际交往和人与人之间存在的巨大隔阂。社会的地位和财富对于他们的性格与人格特质产生了极大的影响，这导致许多角色都无法真正理解和感受别人真正的需求与关切，而只是看到了他们的外表和地位。这种现象表明人与人之间的关系被物化与异化，使得人们之间的交流和互动变得更加难以实现。异化的物不仅指物化的人，还包括与人们不断交往的现代城市。《美丽与毁灭》这部小说中许多角色的身份、性格和关系都被城市的快节奏生活方式塑造，他们的精神世界变得肤浅、冷漠、自私和贪婪。相反，城市中不断地消费和物质追求使得他们不断追求表面上如品位、优越感和奢华物品等看似高贵的东西，但却忽视了其内在的真正追求和感受。这种物化的生活方式导致人们的精神世界变得极度肤浅。菲茨杰拉德通过描写人与物的关系，揭示了主要基于物质消费和物化追求的社会架构对人类的不利影响。他主张人应该减少对物质的依赖和着重关注自己的内在需求与价值，这样才能实现真正的自我价值。《美丽与毁灭》这部小说就是一个警示，通过描写人们追求金钱和物质时所遇到的问题与困难，强调了精神上的发展和自我价值实现的意义与价值。《美丽与毁灭》这部小说中描绘了财富、血缘关系和社会地位等社会因素对人与人之间的关系的影响，人与人之间的关系因此被物化、异化，使得人们很难真正理解和感受别人真实的需求与关切。菲茨杰拉德通过描写人与物之间的关系，探讨了人的自我价值的认知与发展。他强调，人应该注意自己的内在价值和需求，而非仅仅关注外在的表面特性，或者被世俗桎梏。总之，菲茨杰拉德在小说中描绘了美国 20 世纪初的社会现象，阐述了人际关系在当代城市生活中出现的物化、异化问题。同时，他也为读者提供了警示，强调人类只有关注精神上的发展和内在需求，才能实现真正的自我价值和幸福生活。

《美丽与毁灭》这部小说通过描写人们在不断追求金钱和物质的过程中所发生的事情，刻画了现代城市的快节奏、金钱文化以及个体与个体之间缺乏情感交流和联结所导致的社会异化现象。安东尼和他的同伴们生活在纽约市，城市的快节奏和现代生活方式对他们的精神与情感产生了深远的影响。安东尼的生活中缺乏真正的热爱和真挚的人际关系，他不断规划着自己的未来，却无法获得满足感。类似地，其他角色也受到了城市的影响，变得肤浅、自私、冷漠。这种分层和排斥现象导致了人们之间的隔阂和异化。小说中的一些角色，如鲍尔斯夫人和吉格斯等人，也为了追求自己的物质利益，而背叛了朋友和家人，这进一步表明了当时社会异化的程度。在这样一个社会里，人们的财富、外貌、社交地位成为评价一个人的标准。大家不再为了珍惜人与人之间的情感和灵魂上的交流而努力，相反，他们更关注自己的经济利益和自我形象的建立，以此来获取更高的地位和身份。这使得他们的价值观变得肤浅，没有深刻的内涵，许多人从中迷失了自我。人们变得愈加功利，根据外表、财富和社会地位去判断他人的价值，而不是根据人的内在和情感的交流。安东尼和他的朋友生活在 20 世纪早期的纽约市，城市的各种现代生活方式，如酒吧、咖啡馆、电影院、购物中心都让人们更加追求表面的享乐和物质需求，而非精神上的内涵和情感连接。"个性化、强迫的差异化和非基要部分的繁衍、技术体制在生产和消费体制中的堕落、功能失调和二次度功能，它们都在广告中得到自主和完整的发展。"① 在这样的环境下，人与人之间的交往和关系越来越肤浅。小说中还存在着极端的金钱文化，人们往往根据身家、家族、社会地位等来评价自己和他人的价值，而不是根据个体内在的情感和道德来评价。这种分层和分化现象导致人们之间的隔阂与异化，以及个体内部的

① 尚·布希亚. 物体系 [M]. 林志明，译. 上海：上海人民出版社，2001：187-188.

愤怒、挣扎和沉默。"'另一向度'被同化进占主导地位的状态中。异化的作品被结合进这个社会中，并作为对盛行状态的装饰品和精神分析设备的一部分来传播。因此，它们成了广告节目，它们起销售、安慰或激励的作用。"① 小说中许多人的经济和社会地位决定了他们的社会地位与行动范围，但社会分层却使得他们无法真正交流和互动，从而失去了人际关系的真实性和亲近感。在这样的环境下，人们变得更加封闭和孤独，缺乏深入的感情交流。总体来说，《美丽与毁灭》表现了人们在现代城市社会中的异化和分离状态，它向读者敞开一扇反思现代生活以及寻找真正人性的窗户，以便开启新的道路和方向。它提醒人们关注自己内在的价值和需求，回到关心社会同类和重视人性的方向。同时，它也提供了对社会进行改善和改变的思路与方向。"不是神也不是自然界，只有人自身才能成为统治人的异己力量。"② 小说中的社会异化现象是由城市化和现代化过程中的种种社会变革所导致的。菲茨杰拉德通过描绘现代社会中的社会异化现象，为读者传达了一种警醒，强调了人类需要关注内在的情感和精神上的需求，以便实现真正的自我价值和幸福生活。

在《美丽与毁灭》这部小说中，自我异化是一个主题。自我异化是指个体与内在自我之间的分裂和瓦解，这主要是由现代城市生活所导致的。安东尼和他的朋友们生活在 20 世纪初的纽约市中，他们追求金钱、名声和享乐，不断地追寻表面的成功和物质的满足，却忽视了自己内在深层次的精神世界和价值观念，这样才导致了他们与自我之间的疏离和分裂。随着时间的推移和生活的琐碎压力逐渐攀升，安东尼和他的朋友们逐渐迷失自我，失去了原本的信念和价值。他们过度依赖物质而不是自我价值，导致他们的自我表达和个性化渐渐消失。安东尼是一个典型的自我异化的例子，他一度迷失在充满快乐和浪费的生活中。安东尼追求物质和金钱，本质上是在寻求自己在这个世界上的地位和价值，但他却忽视了自己内心的渴望，对真正的幸福失去了感知。随着时间的推移和自己与朋友们的精神和情感分裂，他渐渐质疑自己的人生意义和生存价值。小说中并未直接探

---

① 赫伯特·马尔库塞. 单向度的人 [M]. 张峰，吕世平，译. 重庆：重庆出版社，1987：55.
② 马克思. 1844 年经济学哲学手稿 [M]. 北京：人民出版社，2000：60.

讨或说出普遍的自我异化现象，但安东尼的经历给了读者一个清晰的画面。安东尼过分依赖金钱与地位，因此渐渐迷失了自我和对自己的认同。他对自己的品位、身份和职业发出了深刻的疑问，开始质疑自己的价值，甚至整个生存意义。安东尼因为不满自己的生活，期望自己的人生可以变得更有意义，在追求更高的价值和自我定位的道路上开始跌跌撞撞。他追求金钱和名声，却忽略了自己内心深处的情感和价值，变得越来越缺乏自我认同。此外，《美丽与毁灭》这部小说还探讨了其他角色的自我异化特征，如鲍尔斯夫人追寻名利和社会地位，不断地改变自己的外貌和举止，但她却放弃了自己内心的情感和价值；纳塞特因为失去自己所爱的女人，生硬地努力寻找新的目标和方向；吉格斯则害怕自己无法达到家族的期望，为此而放弃了自己的真实感受和梦想。小说通过描绘自我异化现象的出现和演变，反映出现代城市生活对人的冲击和消磨。它强调人们需要关注自己的内心世界，并寻求更深层次的价值和意义，而不是一味地追逐表面的物质享受。通过这样的方式，人们才能够找回自我和价值，并获得真正的幸福和满足感。《美丽与毁灭》这部小说通过描绘自我异化现象，暗示了一种受到物质和社会压力的同类社会中个体需要探索自己真正的内心情感与价值观念。

三、异化理论视角下的《了不起的盖茨比》

在《了不起的盖茨比》这部小说中，菲茨杰拉德通过人物的行为和对话，呈现出 20 世纪初期美国社会中的劳动异化现象。劳动异化主要体现在两个方面：一是盖茨比等人的劳动与财富之间的关系，二是无产阶级的生活状况和心理状态。异化劳动主要是指资产阶级人物通过非法手段和投机行为获取财富与地位，这与普通劳动人民创造价值的劳动目的不同，而且这种不同还反映了劳动价值观念被金钱取代的现象。这些资产阶级人物通过积累巨额的财富和地位来获取社会认同，但他们的劳动却往往不是用来创造价值和服务社会的，而只是为了满足自己的私欲和虚荣心。异化劳动主要表现为盖茨比等资产阶级人物通过积累巨额的财富和地位来获取社会认同，而他们的劳动却往往只是为了达到这个目的而采取的投机和欺诈行为。他们的劳动不是单纯地创造价值，而是为了谋取利益和满足自己的欲望。这种行为导致了他们与普通劳动人民之间的巨大差异，也反映了劳动价值观念被金钱取代的现象。主人公盖茨比通过不断追求财富和地位，试图在社会中获得认可。他通过投机和非法手段赚取大量财富，但最终却孤独和失落，无法获得真正的幸福。这体现了资本主义社会中货币积累本身成为财富的唯一目的的现象。盖茨比等人的劳动与财富之间的关系表现了资本主义社会的劳动异化，他们的行为和价值观与普通劳动人民的生活背道而驰；此外，无产阶级的生活状况和心理状态也是劳动异化的一个重要方面。小说中的劳动阶层则面临无法摆脱贫困生活和社会地位的种种困境，他们的劳动被剥夺了价值和自由，缺乏对自己命运的控制。这就使得他们的心理状态充满了痛苦、绝望和无助，而且他们感到自己是这个社会的弱势群体而缺乏团结和斗争意识。这也反映了资本主义社会中存在的阶级分化现象。对于小说中的无产阶级人物来说，劳动是他们唯一可以依靠的生存手段，但是他们的劳动却往往不被重视，缺乏对自己命运的掌控，并且经常受到剥夺自由和人格的残酷对待，同时也反映了资本主义社会中阶级分化的现象。小说中的无产阶级的生活极其贫困，生存状态很不稳定，而且他们缺乏对自己命运的控制。对于这些人来说，劳动是他们唯一可以依靠的生存手段，但他们的劳动却往往不被重视和尊重，甚至被剥夺了人格和自由。由此我们可以看到劳动异化的普遍性和毒害性。这部小说反映了资本主义社会中劳动异化的现实问题，并呼吁人们关注人类劳动的本质，尊重劳动者的权利。

在《了不起的盖茨比》这部小说中，异化现象有很多，其中最显著的是汽车经常作为异化的象征出现。20世纪20年代的美国，汽车成为一种新兴的奢侈品，人们开始以汽车为标志来显示自己的社会地位。而在《了不起的盖茨比》这部小说中，汽车则成为盖茨比追求黛西爱情的关键。盖茨比拥有的豪华轿车，代表了他的财富、阶级地位以及社交地位，反映了社交场合中的人际关系的混乱及虚伪。在《了不起的盖茨比》这部小说中，人们渐渐失去了对生活的真实感受和人文关怀，只顾追求表面的利益。此外，小说中还存在着其他的异化的物，比如钞票、珠宝、美食等，都是菲茨杰拉德用来展现人们追求物质享受的虚无主义的方法。以钞票为例，班纳斯表示最好的生日礼物就是一捆现金，这就表明了富人视金钱如命，但这种贪婪和物化追求实际上只会导致他们精神上更加空虚。物化、异化指的是把人和物品等非人类事物看作同等重要，将人对物质财富的追求和迷恋视为生活的中心，导致人的精神和感情被侵蚀、迷失。简而言之，就是人的"虚无主义"。盖茨比就是一个追求物质、名利的形象。他认为只要有钱就可以拥有一切。正是因为这种观念，他才会去追求那个有钱有势的黛西，而导致他最终走向悲剧。菲茨杰拉德通过描写人物的心理及行为，以及他们的生活方式和价值观，向读者传达了这种物化与异化主题。在《了不起的盖茨比》这部小说中，人们无论是有钱还是没钱的时候，都不停地享受酒精和其他物质，如盖茨比和其他人的晚宴，显示出他们对酒精和物质的迷恋。此外，小说还通过各种手法对比了盖茨比对物质的追求与绝对价值观之间的悖论，进一步强调了物化与异化的主题。比如，盖茨比虽然拥有了许多物质上的富裕，但却无法得到他真正渴望的黛西的爱。他一直认为只要拥有足够的财富，就可以追求到幸福，但这种追求最终让他落得了悲惨的结局。菲茨杰拉德在小说中揭示了物化与异化所带来的危害和丧失，告诫人们要积极追求内心真正的价值，而不是盲目追求表面的物质财富。

菲茨杰拉德描写了20世纪20年代美国社会的异化现象。首先是阶级的异化。《了不起的盖茨比》这部小说中的人物被分为两类，一类是传统的贵族，另一类是新贵。传统的贵族生活在自己的世界里，崇尚着自尊、自制和社交礼仪，对个人的品位和精神追求有着很高的要求，不与新贵混交。新贵往往是刚刚通过合法或者非法手段致富，他们的行为、言谈、举止都透露出一种对社会礼仪、行为准则的不屑与对通行规则的蔑视的态度。这种新贵锐气十足的态度，与老贵族的传统相抵触。尽管新贵富有，但是他们在高贵的圈子里仍然无法得到认可也无法理解到这种异化。新贵虽然富有，但是过于炫耀自己的财富，在社交场合中的表现明显不真诚，使得彼此间的交流产生隔阂和疏离。新贵的出现造成了美国社会中阶级之间的裂痕，使得传统的贵族逐渐淡出了美国主流社会，也加剧了人与人之间的疏远感。其次是人际关系的异化。《了不起的盖茨比》这部小说中的男女关系甚至可以说是一种交易关系，女性往往为了金钱和地位，选择与有钱有势的男性结婚；而男性则只是认为婚姻是适当的社交利益关系，并没有真正的爱情和感情投入。男女之间缺乏真正的情感交流、理解和沟通，这个社会也因此存在极度的孤独和无望感。盖茨比在追求黛西的过程中，也表现出了异化关系的特点，他的行为只是为了追求金钱和利益，而不是真正的爱情。最后是物质文化的异化，小说中人们逐渐迷失在炫目的物质之中，失去了对人性、美学和自由的关注。他们通过物质来衡量自己的地位和成功，渴望通过炫富来展示自己，只注重表面上的华丽和威严。物质文化的异化，把人们变成了消费的工具，而不是思考者和创造者。盖茨比和他的朋友们一直追求更多的钱财和物质享受，甚至不顾一切地去追求摆脱班纳斯等旧贵族成员的阶级标记。人们通过这种方式去展现个人魅力，为此把自己变成了"陈列室里的宠物"。小说也展示了女性在当时社会中的异化和物化的表现。所有女性中只有黛西和乔丹受到了重视，但是她们被迫成为男性的配偶，对自己从事的职业不能独立选择。社会异化和物化是在小说中频繁出现的主题，菲茨杰拉德通过刻画人物的行为和心理，向读者展示了那个时代的社会精神状态。小说深刻地揭示了金钱和物质对人性的侵蚀，号召人们追寻内心的价值以及真正的美好生活。人们对金钱、物质的追求超越了对人类、美学、自由和独立的追求，这些虚无主义的信念将人们变成了陈列室里的物品。《了不起的盖茨比》这部小说展现了当时美国社会的荒诞和虚伪，并促使读者深入思考人与社会之间的关系，以及这种关系影响人性的本质。小说呼吁人们要超越虚假奢华、物质文化的异化，追求真正的精神、自由和美好生活，把素质放在首位，并且关键在于建立更加真诚、有爱、有尊重和有思考的人际关系。综上所述，《了不起的盖茨比》这部小说透过这种社会异化现象，揭示了当时美国社会的虚伪、荒谬。菲茨杰拉德时刻提醒我们，我们应该超越这些虚无主义、虚假奢华、道德堕落和物质文化的异化，追求真正的精神和完美的美好生活。

《了不起的盖茨比》这部小说描绘了自我异化的主题，首先是主人公盖茨比的自我异化。盖茨比这个角色在小说中被塑造为一个神秘的、富有的新贵，他寻求追回他认为自己拥有的东西——他曾经的爱人黛西。然而，为了追求黛西，盖茨比放弃了他的真实身份、过去以及所有与自己原本身份、经历和家族相关的东西，甚至连自己的名字都改变了。盖茨比这个角色本质上是一个放弃了自我的人，他通过改变自己的名字、过去和外表等手段，试图淡化自己原来的身份，并用极其独特的方式追求着一个几乎不可能实现的梦想。他所追求的那个叫作"黛西"的女性，与他的身份和财富不匹配，最终也导致了他的失败和精神的崩溃。这种自我异化所带来的结果是，他被赋予了虚假的身份和过去，远离了自己的真正本质，陷入了无法自拔的梦幻中。这种自我异化所带来的后果是，盖茨比的真实性和自我意识被丧失，他处于追求虚无的状态中，最终导致自己的疯狂和自我的崩溃。其次是人际关系中的自我异化。在《了不起的盖茨比》这部小说中，新贵们过着奢华的生活，他们的人际关系也被描绘为肤浅、虚假和无关紧要的。在各种派对和宴会上，人们穿着花哨的衣服，听着嘈杂的音乐，追求着奢靡的感觉。富有的新贵们经常在聚会上饮酒狂欢，他们戴着假面具行事，紧紧地抓住虚荣、利益和享乐的一切可能性。而在这种无休无止的欲望中，他们失去了自我，甚至对感情的真实性也缺乏基本的判断。最后是物质文化的自我异化。小说中的人们无休无止地追求物质和金钱，把物质和金钱作为衡量自我价值的标准，视其为发现自我价值的手段。他们抛弃自己独立的思考和创意能力，变成了被物质标签化和消费的工具。他们盲目跟随金钱和奢华，抛弃自己内心的声音，削弱自我的能力与判断，最终导致了社会内部的崩溃。这种自我异化的结果是，人们失去了对真正认知和感知世界的能力和独立思考的空间。综上所述，《了不起的盖茨比》这部小说中表达了对于虚荣、浅薄和自我异化等社会现象的批判，同时也呼唤人类应该真实、坦诚。只有当他们具有独立思考的能力，才能完成自我发展和与其他人建立有价值、有意义和有真正联系的关系。菲茨杰拉德强调了一个人应该建立真实、自然和尊重的自我认知，强调了一个人应该试着凸显自我，而不是通过外部因素来追求利益或金钱。人类应该回归真实性、建立真正的人性联系，才能更好地理解自己、理解他人。"个人不是作为一个积极承担他自身力量和丰富内心世界的人而体验着，而是作为一个依赖于他身外的、他投射于他的生命存在物的力量的、枯竭了的'物'而体验着。人从他自身中异化出来，并在他双手创造的产品面前卑躬屈膝，在国家和他自己选出的领导者面前俯首称臣。对于他来说，他自己的行为是一种异己的力量，这种力量不是由他来支配，而是监督他，并与他对抗。我们创造的产品与过去越发地联合在一起，形成一种超越于我们之上的客观力量，这种力量为我们所无法控制，它打破了我们的期望摧毁了我们的设想，成为决定人类发展的主要因素。"①《了不起的盖茨比》这部小说中的自我异化主题表明，人们应该坚持独立思考、真诚相待，拒绝被外界环境、盲目的追逐和虚幻的人际关系左右，从而追求真正的自我。《了不起的盖茨比》这部小说中的自我异化是让人感到悲哀和痛心的。这部小说给人们一个启示，就是不要抛弃人真实的本性，而是应该坚信真实的自我，并且希望人类能够建立真正的人性关系，实现人性的追求和梦想。

四、异化理论视角下的《夜色温柔》

在《夜色温柔》中，劳动异化是一个重要的主题，主要体现在主人公迪克·戴弗和其他角色对于自己的工作的厌倦与失望，这种异化来自他的职业选择和家庭压力，这使得他对生活失去了意义。作为医生，迪克需要执行一些与医学无关的琐碎任务，比如说给病人洗澡、清理厕所等。他发现自己的工作与他原来的理想有很大的差异，这使得他感到心灰意冷。此外，迪克的妻子妮珂儿的身体状态需要他的照顾和关心，这使得他的精力更加分散。迪克为了满足家庭的需要而牺牲了自己的时间和自由，这也使得他感到自己的生活一定程度上被束缚和限制。迪克在传统家庭环境中长大，迪克和妻子妮珂儿的情感与婚姻关系日渐恶化，而这种恶化是和迪克

---

① 埃里希·弗洛姆. 人的呼唤：弗洛姆人道主义文集 [M]. 王泽应，等译. 上海：上海三联书店，1991：85-86.

的职业生涯与劳动异化密切相关的。迪克作为一个医生，不得不接受荒谬的薪水，不断地工作并且不停地提高自己的技能。他的生活、工作以及婚姻关系都被异化，其他角色比如汤姆和他的妻子米尔德丽德也面临类似的问题。他们需要花费大量时间和精力去赚更多的钱。迪克和妮珂儿的自我形象也受到他们所处的富豪文化的异化的制约，他们的自我意识被这个世界笼罩，自我消失在利益的世界中。富家子弟们在富人区过着奢靡的生活，新兴的娱乐和文化活动占据了人们大部分时间。这些人为了追求虚荣，把自己的生命和精神掏空了，越来越失去了自我和阶级感知，这一切都说明美国社会的道德和精神正在走向破碎和崩溃。《夜色温柔》是关于人的生命和精神以及他们所处环境的作品，探讨了现代社会中的劳动异化问题。尽管人们的生活条件越来越好，但他们感到自己生活的虚无，丧失了自我和人性价值，而劳动异化和资本主义社会的利益驱动与价值体系进一步加深了这个问题。"……劳动过程越来越被分解为一些抽象合理的局部操作，以至于工人同作为整体的产品的联系被切断，他的工作也被简化为一种机械性重复的专门职能。"① 这些异化的劳动导致了很多问题的出现，比如个人危机、情感危机和精神危机。主人公们的生活和工作都被现代资本主义的商业文化掌控着，为了获得最大的利益和商业回报，人们需要不停地追求更高的效率和生产力，从而导致了个体愈发的被动和失落。在一个商业化、异化的社会，他们的生活和工作都被现代资本主义社会的利益驱动支配，人们的自我意识被淹没在现代社会的利益追求和物质文化的欲望中，最终迷失在自己的生活中。小说强调了个体的精神和自我，呼吁人们要保持自己独立的思考，追求个人价值和自由精神。小说通过描绘主人公们的痛苦和困惑，探究了现代资本主义社会中的劳动异化问题。小说表达了对于现代社会人们追求纯粹自由和健康精神的强烈呼吁，倡导追求更加真诚和深刻的个人关系与生活价值，使人们更加关注人类自身的精神健康问题。

在《夜色温柔》这部小说中，物化与异化也是一个突出的主题。小说

① 卢卡奇. 历史与阶级意识：关于马克思主义辩证法的研究 [M]. 杜章智，任立，燕宏远，译. 北京：商务印书馆，1992：149.

中的主人公们都生活在一个充满物质欲望和消费主义的世界中，他们中的许多人为了追求金钱和名利而放弃了自己真正的价值观。在那个时代，人们的价值观和生活方式也被物化和商品化了，透过他们的眼睛，菲茨杰拉德描绘出一个精神日趋扁平的时代景象。"正是主体性自身，即知识、气质、表达能力，变成了一架按自身规律运转的抽象的机器，它既不依赖于'所有者'的人格，也不依赖于被处理的各种对象的客观——具体的本质。新闻工作者们'没有气节'，出卖他们的信念和经验，这些只有当作资本主义物化的极端表现才能被理解。"[①] 随着故事深入，尤其是在迪克的婚姻出现问题时，这种物品的异化变得更加明显。迪克的财富和物品不仅无法掩盖他的内心痛苦，也深化了他对内心真实的追求。同时，物品和金钱的异化也使得人们对自己和他人的情感认知出现问题，导致人们容易抱着虚假的希望和想象进入感情关系，最终被失望和痛苦深深折磨。

小说中的主人公们都生活在一个物欲横流、表象至上的社会里，他们处于一个物化世界中，生产的所有东西都被看作一种商业的交易或价值的展示，整个社会都被物化了。小说中的物品和人处于一个物化的、表面化的世界里，人们往往会因为"虚荣心"或"物欲心"而失去自我，导致人们的内心和外界的实际状态出现鸿沟。同时，迪克也受到了物化与异化的影响，他的梦想被金钱冲淡，他的灵魂变得越来越空虚。而汤姆和米尔德丽德也同样受到了物化与异化的影响，他们的关系被物质化和利益化，导致了感情和亲情的淡漠与疏离。除此之外，小说中的其他人物也受到了物化与异化的影响。汤姆和米尔德雷德都被过度追求财富和利益的物化思想影响，他们的关系被物质化和利益化，成为一个空洞无感的关系。小说的这种物化与异化使得人的自我意识无法体现，人性价值遭受到了严重的侵犯。物化与异化是《夜色温柔》中一个重要的主题，它反映了当时社会的浅薄、空虚以及人的精神内涵的缺失。小说对于人们的物质与精神追求提出了一个重大的警示，使我们反思现代社会中物质极端主义以及人性迷失的问题，呼吁我们要摒弃物质主义思想和消费主义，追求更加真实的人类

---

① 卢卡奇. 历史与阶级意识：关于马克思主义辩证法的研究 [M]. 杜章智，任立，燕宏远，译. 北京：商务印书馆，1992：163-164.

文化和个体精神健康，追求更加深刻与有意义的人类文化和社会价值。
"工人的人的性质和特点与这些抽象的局部规律按照预先合理的估计起作用相对立，越来越表现为只是错误的源泉。人无论在客观上还是在他对劳动过程的态度上都不表现为是这个过程的真正的主人，而是作为机械化的一部分被结合到某一机械系统里去。他发现这一机械系统是现成的、完全不依赖于他而运行的，他不管愿意与否必须服从于它的规律。"① 这种物化与异化不仅使主人公们的人性被淹没，也影响到了他们对自身情感经历的认识。菲茨杰拉德通过作品中对物品的异化反映了当时美国社会的精神危机，呼吁人们要反思自己的生活方式、追求真实的生活方式、珍视自己的内在个性和情感，这也是小说对当代文化和社会的一种有力的审视。在小说中，许多物品都表现出了异化的特征，如妮珂儿所拥有的财富和奢侈品，只是为她的丈夫和情人们制造表象。这样的异化主要是将物品看作别人所制造的工具而不是自身的附属品。

在《夜色温柔》这部小说中，社会的异化也是一个重要的主题。通过人物角色的生活和情感经历，反映了美国社会在 20 世纪 20 年代的一些现实问题。小说中的人们被异化的社会包围着，金钱、权力、物质等因素成为人们追求的最高目标，而这些因素又使得人们的内在与外在两个世界产生了鸿沟，形成了社会的异化。社会中的各个人物都在追求自己的社会地位、财富和名誉，他们通过表象和外观来塑造自己的形象，目的是在社会中站稳脚跟。然而，这种表象的世界和他们真实的内心世界之间难以相融，这种表象只是一种虚假的社会标签，而不是真正的人格和情感。因此，人们所处的环境和人际关系也变得异化，缺乏真实的情感。小说呈现出一个充满金钱与物质崇拜的社会，人们为了争取更高的地位、物质上的享受，不断地破坏自己的内在情感世界，从而导致了人与人之间的隔阂和内在的焦虑感。同时，追求金钱和物质心态成为许多人的主要追求目标，奢侈品、炫耀财富成为人们无止境的欲望源泉，而信仰、精神层面的追求、珍视人性却被人们忽视。这种情况导致许多人的内心空虚、失落，处

① 卢卡奇. 历史与阶级意识：关于马克思主义辩证法的研究 [M]. 杜章智，任立，燕宏远，译. 北京：商务印书馆，1992：150-151.

于虚无的一种状态之中，最终导致他们的道德沦丧与精神崩溃。小说中的主人公们花费大量的时间和精力来维护他们的社会地位与状态：他们追求财富地位、参加派对、吸引周围人的关注，但往往忽略了自己内在的精神需求，导致人性的异化。主人公们所处的这个时代的美国社会，被一种叫作"自由放任主义"的社会思潮主导，这种思潮强调个体的自由和独立，追求财富和人生享乐，是导致社会异化的主要原因之一。在这个社会中，物质和表面形象已取代内在的人格与人性。社会的重心从道德和精神层面转向金钱与物质层面。小说中的人物并没有真正意识到这种变化，他们只是被这种变化包围、操控，随波逐流、沉迷于金钱和物质的魔力。实际上，物质和表面的东西只是一种虚假的遮盖物，无法填补人的内在空虚，反而加重了人的精神危机和情感萎靡。小说中的主人公们为了追求物质利益和精神享受，经常违背自己的道德信仰，屈从于社会风气。小说中所描写的人物不断地追逐名利与权力，却不断迷失在金钱和物象的世界中，缺乏深度的感情世界和精神追求。他们相互之间的关系充满着虚假，人人戴着自己的面具在面对别人。这让人们在追求表象的同时，失去了探索内在的价值。社会中的异化和个人之间的隔阂不断加深，最终得不偿失，给人的心灵带来了沉重的负担。当主人公们发现他们的生活中缺乏内在的意义和真正的情感时，他们开始体会到自己的世界已经被金钱、物质和虚假的关系控制。他们意识到自己的人生并非一帆风顺，而是充满了挑战和抉择，需要自我认知和探索。他们开始思考自己对生活和人际关系的真正需求，学会与真正相爱的伙伴建立深层次的信任和情感的贯通，从而摆脱社会惯性的束缚，实现自己的人生价值。人们被这种异化俘虏，失去了自我和价值。小说中，人与人之间的关系不再基于真正的感情、友谊与亲情，而是建立于金钱、权力和物质欲望的基础之上。每个人都在追求个人的成就和成功，都把自己当作唯一的中心。人们的主要目标都是为了满足自己的需求和欲望，并不在乎是否伤害到他人，这种思想和行为成为他们自己和社会之间的隔阂。《夜色温柔》这部小说通过描写人们的异化和疏离，反映了美国社会在 20 世纪 20 年代的一些实际问题，也表达了菲茨杰拉德对社会和人性的深刻反思与探究。作品深刻揭示了物质主义和名利观所带来的危害，并呼吁人们去关注自己内心的真正追求，去珍视人性、传承美好价值观，摆脱物质主义与名誉观的束缚。社会的异化不仅使人们的内心和外界实际状态出现鸿沟，也导致了人际关系的疏离。最终，这些人陷入了无尽的愧疚和痛苦之中，为了寻找自我，又开始重新寻求真正的感情、友谊，试图弥补心灵上的缺失。菲茨杰拉德在《夜色温柔》这部小说中，通过社会的异化现象反映了当时美国社会精神危机的状态，指出了物欲和金钱至上的价值观带来的悲剧后果。他也借此向人们发出警醒，呼吁人们去重视和关注社会异化的问题，追求真正的人性和自我意识。

《夜色温柔》这部小说可以说是菲茨杰拉德对自我异化的一次深刻反思，他通过描写主要人物的生活与情感经历，探讨了 20 世纪 20 年代美国社会中自我感受的疏离与异化问题。小说描绘了主人公在物质、文化和人际关系等方面存在的种种隔阂和难以跨越的鸿沟，反映了一个追逐物质和虚荣的社会中所存在的自我意识疏离与异化现象。主人公在小说中尝试建立起与他人的关系，但又因为各种原因而感到疏离和孤独，他们常常感到自己被巨大的社会压力压迫，无法真正找到自己的位置和价值。他们试图用物质和社会地位来填补内心的空虚，但这只会让他们感觉更加孤独和自觉地深陷其中。他们都拥有顶尖的文化和科学素养，但是他们的自我认知却常常比外界的观念要落后。他们既缺乏情感投射，也无法理解爱情和友情的真正含义。他们为了自己的生活而刻意创造分裂和隔阂，他们生活中缺乏内在的意义和真正的情感，只顾考虑表象和享受物质的好处。"交易型定向的人把自身诸力量当作与他异化了的商品……他的力量及其创造的东西都被疏远，成了与他自己相异而由别人去评判和利用的东西。"① 《夜色温柔》这部小说揭示了现代人的自我异化和心灵失落，在物质文化冲击下，人们面临着人际关系的疏离和自我认知的丧失。他们日复一日粉刷着外表，长期过于依赖社会和表面的事物，导致了自我认知的丧失。菲茨杰拉德在这部小说中发出了深刻的警醒：仅仅追求物质与表象，而忽视自我认知和内在真正的价值，只会让人们不断陷入更深的价值迷失之中。这给

---

① 埃里希·弗洛姆. 弗洛姆著作精选：人性·社会·拯救 [M]. 黄颂杰，译. 上海：上海人民出版社，1989：146.

读者敲响了警钟，引导人们要有意识地探求自我和获得真正的存在感。《夜色温柔》这部小说中的主人公在那个时代里，普遍感到自己处于一种迷失的状态，他们常常追逐物质上的享受和表象的社会地位，而忽略了内在的情感和自我认知。"人格在这里也只能作为旁观者，无所作为地看着他现存的自己在成为孤立的分子，被加到异己的系统中去。"① 小说中的主人公迪克和妮珂儿在艺术与科学领域都有过人之处，但是却在自身感受上处于零碎状态中。他们受到物质和虚荣心的驱使，始终不能真正认识自己，也不能理解爱情和友情的真正含义。他们甚至无法在生活中寻找到对真正情感的回应和对自我价值的肯定。而有些角色则遵从着浮华的东西——流行的文化、奢侈品、派对、约会，他们脑海里的想法一直停留在名利和享受中，使他们的人格和品性遭到破坏与扭曲。处于自我异化状态的主人公们，失去了自己的真实心灵和人性。他们每天遵循社会的规范和他人的期望，却忽略了真正的情感和自我认知，这样的生活让他们疲于奔命。在小说中，菲茨杰拉德强调了主人公对于生活的质疑和迷惘，他们已经拥有物质上的富足，但是这并没有让他们感到幸福和满足。他们一直在社交圈子和名利场中周旋，追求虚荣的胜利和享受短暂的快感，却忘记了去追求人类生活的意义，最终导致了内心的迷失。在小说中，主人公们的自我异化还表现在他们对生活的迷惘和困惑中。虽然他们已经拥有不少物质上的享受和取得了一定的成就，但他们并不能真正得到内心的满足和平静。这些人不断地在社交圈和名利场中周旋，追逐着一个又一个的虚浮而短暂的胜利和快感，却忘记了应该去寻找真正的生活价值和内在的精神追求，最终迷失在浮华的世界之中。总体来说，《夜色温柔》这部小说揭示了那个时代美国社会中个人的自我意识疏离和异化现象，呼吁人们应该重视自我认知和内在的生命意义，用更真实的方式来认识和解决生活中的各种难题；同时，揭示了在物质文化冲击下，人们在人际关系和自我认知上的失落与疏离。

异化理论的核心概念之一是劳动者与劳动产品、生产手段和自身的关

---

① 卢卡奇. 历史与阶级意识：关于马克思主义辩证法的研究 [M]. 杜章智，任立，燕宏远，译. 北京：商务印书馆，1992：152.

系被异化。在菲茨杰拉德的作品中，这种异化体现在人物对物质和社会地位的过度追求，以及对真实自我的疏离。通过异化理论的框架，我们可以深入研究这种在资本主义社会中普遍存在的疏离现象，以及其对个体和社会的影响。菲茨杰拉德的作品中经常涉及社会阶级和贫富差距的问题。异化理论强调了阶级社会中劳动者与劳动产品之间的疏离。通过应用异化理论，我们可以更深入地理解社会阶级在小说中的表达方式，以及人物追求财富和社会地位时的内在驱动力。菲茨杰拉德的作品涉及20世纪初美国社会中的消费文化和物质主义。异化理论有助于理解在这种文化中，个体是如何通过对物质和社会地位的过度追求，以及对消费品的狂热崇拜，导致了异化和疏离。异化理论的应用可以帮助我们深入了解这种文化产业对个体认同的影响，以及分析这种身份的建构是否真实和可持续。菲茨杰拉德的作品中时常反映社会变革和全球化的影响。异化理论可以用来分析这些变革中的人际关系、身份认同和劳动的变化。通过将异化理论运用到菲茨杰拉德的文学作品中，我们可以更全面、深入地理解他的作品背后蕴含的社会批判和对个体状况的关切。这有助于我们挖掘作品中隐含的对资本主义社会现象的深刻洞察，以及对人性在异化过程中的探讨。"……资本主义生产的'自然规律'遍及社会生活的所有表现；在人类历史上第一次使整个社会（至少按照趋势）隶属于一个统一的经济过程；社会所有成员的命运都由一些统一的规律来决定。"① 在20世纪的西方国家，马克思的异化理论逐渐与日常生活和消费社会的实际情况相联系。其中，弗洛姆、马基奥、麦克卢汉和吉尔曼是消费社会异化理论的代表性人物。他们认为，在现代资本主义的消费社会中，商品的交换和消费过程已经成为人们日常生活的核心，人们对商品的关注和消费行为已经成为他们生活的主要趣味与活动，这使得人们的关系、价值观念和生活方式变得非常表面化和虚假。人们的真实需求和内在追求被淹没在外表的消费中，这就是消费社会下的异化现象。这些学者认为，消费社会对于人的意义通过大量被挖掘的需求被表达出来，而这种表达形式被广告、商业和媒体缓慢地塑造和生

---

① 卢卡奇. 历史与阶级意识：关于马克思主义辩证法的研究 [M]. 杜章智，任立，燕宏远，译. 北京：商务印书馆，1992：154.

产。"异化理论被认为已经过时了；然而实际上，异化的特定形式可能已经消失了……新的异化形式和旧的异化结为一体，丰富了异化的类型：政治的、意识形态的、技术的、官僚的、城市的等。我们还要指出，异化正在扩展并日益强大，以至于它消除了所有的痕迹或对异化的意识。"① 因此，人们真实的需求和欲望被文化产品与广告的标准化和统一化代替，人们变成了产生和消费这些物品的工具与资源，这就是人们在消费社会下变得异化和匿名的原因。消费社会下的异化使人们失去了对自己的真实需求和潜力的认识与支配。因此，抵制消费社会下的异化是要求人们减少对消费和物质的过度关注，重新考虑人的真实需要和其他价值观念，从而突破异化，重新建立对自我和世界的固有连接。

---

① HENRI LEFEBVRE. Everyday life in the modern world [Z]. Transactions Publishers, 1994: 94.

第四章　消费符号批判理论下的作品解读

鲍德里亚消费符号批判理论认为，消费不仅是一种买卖行为，还是一种象征交换行为，产品的象征意义变得越来越重要。消费者不仅是在购买产品，而且是在购买一种身份和一种社会地位等象征性商品。消费符号是这些象征性商品的集合，它们在现代社会中存在并构成了一个重要的符号系统。鲍德里亚认为，这个符号系统是虚幻的，因为它并不是真正反映现实世界中的东西。商品被剥离了它们的实际意义和用途，并且被赋予了阶级地位和社会意义。有学者称："马克思关于商品化的论述被以后的理论家所激化了……马克思关于交换价值和使用价值的颠倒以及交换价值借以在商品拜物教过程中支配使用价值，其价值很清楚地与一种可计算的交换价值联系在一起的论述也被鲍德里亚用于分析符号价值如何支配当代资本主义社会。"① 消费符号不仅是关于产品本身的交流，还是针对个人及在社会中的定位的交流。消费符号被广告、媒体、明星、时尚等行业利用，它们一方面通过宣传和推销来创建消费者对于产品的认同和需求，另一方面通过一系列的符号来创造和强化不同的社会阶层和身份。"一个物成为一个商品时，凌驾于其使用价值之上的是它具有一种交换价值可以出售，即是在量的方面来处置它。把主客体放到一种经济计算之中就是使之变形为抽象的实体；剥夺了他们独特的品性而把他们化简成一种数字表达、一种

---

① 斯蒂芬·贝斯特，道格拉斯·科尔纳. 后现代转向 [M]. 陈刚，等译. 南京：南京大学出版社，2002：71.

量的符号。因此被非人化的人类存在物本身变成了粗糙的物质和纯粹的商品。"① 鲍德里亚的理论提出了对于这种虚幻性和阶级差距的反思，呼吁人们去探讨更真实和正义的社会秩序。

菲茨杰拉德的作品中常常出现消费符号和身份、地位、社会阶层之间的关系。在菲茨杰拉德笔下的人物中，消费符号通常是其社会地位和身份的象征，它们可以被视作人们追求和表达阶层身份、文化身份和人生价值的手段。"每种物体和产品都获得了双重性存在，即可见的和假装的存在；凡能够被消费的都变成了消费的符号，消费者靠符号，靠灵巧和财富的符号、幸福和爱的符号为生；符号和意指取代了现实，从而产生了大量的替代物，大批的变形物……"② 不同社会地位的人通过消费符号来表现自己的身份和价值观，而这也揭示了当时社会阶层分化和消费文化的现象。他的作品强调了消费符号的意义、虚幻性、控制性和对身份的影响。菲茨杰拉德的作品中充满了各种各样的派对、美酒、豪宅、汽车、珠宝等，它们在小说中扮演着非常重要的角色，这些消费符号成为人类生命中的一个象征，引领读者对于社会现实和个体经验进行深度思考，探讨人类道德和价值观在消费主义社会中的存在与变异。

一、消费符号批判理论下的《人间天堂》

鲍德里亚消费符号理论认为，现代社会中的消费活动不仅是物质需求的满足，更是知识、权力和阶级地位等方面的象征。在这个背景下，《人间天堂》这部小说可以被视作是一部反映消费和符号价值的文学作品。《人间天堂》这部小说讲述了一位名叫阿莫利的年轻人的成长经历和探寻自我的过程。阿莫利是一个年轻富有的男孩，他长时间在学校教育时期培养了对知识和文化的兴趣，并对名利产生了浓厚的兴趣。他不断地追求名

---

① 斯蒂芬·贝斯特，道格拉斯·科尔纳. 后现代转向 [M]. 陈刚，等译. 南京：南京大学出版社，2002：66.

② HENRI LEFEBVRE. Everyday life in the modern world [Z]. Transactions Publishers, 1994：108.

利和地位，试图通过消费来获得真正的满足。他经常购物、社交，并与异性交往，这些活动让他获得了社会的认可，但却没有使他真正获得内心的满足。发生的麻烦和挫败最终让阿莫利开始反思而不是继续奋斗和追求。他最终开始制定新的目标和构建新的价值体系，并开始考虑自己的个性和所属的阶级。他在社交和职业上取得了成功，但随着时间的推移，他开始对自己的生命意义和道德价值产生怀疑，并寻求自我发现和个性解脱的过程。阿莫利的成功和挣扎以及对自我认识和价值观的重新评价，让该小说成为一部典型的消费符号理论的作品。鲍德里亚声称："我们融合了马克思所分析的商品形式逻辑：就好像需要、感情、文化、知识、人自身所有的力量，都是在生产体制中被整合为商品，也被物质化为生产力，以便出售，同样的，今天所有的欲望、计划、要求、所有的激情和所有的关系，都抽象化（或物质化）为符号和物品，以便被购买和消费。"① 从消费符号理论的角度来看，这部小说体现了年轻人在现代都市中追逐符号消费的心态。阿莫利渴望得到世俗的荣耀和成功，梦想成为一名成功的作家，同时也想得到女性的青睐。他将自己定位为一种符号，试图通过自己的外在形象来取悦社会。然而，这种追求只会让他陷入一个虚假的世界里。当阿莫利经历了个人和情感的挫败时，他开始反思自己的人生价值和道德信仰。他逐渐意识到，真正的自我发现和个性解脱，需要的不是社会的认可和符号的追逐，而是通过身心的认识和内在的修炼来实现。而这个过程是与符号消费无关的。菲茨杰拉德告诉我们，消费和符号价值的追求不能真正让人获得内心的满足。这种追求只是在社会压力下的一种表现，并没有实际的内在享受。真正的自我发现和自我实现需要的是内在的探索与真实的价值认同，而不是外在的消费和名利的追求。只有深入自我，寻找自己的内在真实和价值，人们才能真正解脱。

在鲍德里亚消费符号理论中，社会中的符号生产是一种与商品生产相似的过程。在《人间天堂》这部小说中，主人公阿莫利是一位年轻的诗人，他不断地创作诗歌，以此来表达自己独特的思想和感受。阿莫利的诗歌成为他生产出的一个符号，他通过这个符号来展示自己的文学天赋，并

---

① 尚·布希亚. 物体系 [M]. 林志明，译. 上海：上海人民出版社，2001：224.

体现出他所属的社会阶层。阿莫利还以各种形式的生产符号来掩盖自己的不安和失落感。例如，他尝试成为一个富有阔气的社交圈子里的聚光点，同时还在寻找和追求美好的恋爱关系。阿莫利所表现出的这种狂热和紧张的追求，是生产符号的典型体现。阿莫利试图通过与社会中不同符号的接触来展示自己的社会身份和得到认同。他秉持的是符号价值论，即认为符号本身是有价值的。他喜欢穿着高档的衣服、接受良好的教育、与知名人士交往等，这些活动和行为都可以被视为他对符号的消费与生产。他的内心渴望得到真正的理解和认同，但是这种认同并不能通过外部的符号来实现。这些符号的生产和消费活动，对阿莫利的人生价值和内心的满足并没有起到作用，他最终认识到了追求真正的情感和精神层面的满足的重要性。因此，小说中呈现了符号生产和消费过程的虚幻性，并且提醒人们应该关注自己的真实合理需求和价值观，从而实现真正的自我发现和认同，而不是盲目追求符号的满足。

在《人间天堂》这部小说中，阿莫利的行为和社会活动展示了符号消费的典型特征。他不仅仅消费商品和服务，还通过消费符号来获得社会认可、塑造自我形象以及获得精神上的满足感。他试图通过购买昂贵、有名气的衣服、附会于流行的理念，以达到自我认同和获得认可的目的。"几乎所有的服装、电器等都是提供一系列能够相互称呼、相互对应和相互否定的不同商品……消费者浏览、清点着所有那些物，并把它们作为整个类别来理解。今天，很少有物会在没有反映其背景的情况下单独地被提供出来。"① 作为一个年轻富有的男孩，阿莫利沉迷于最新的时尚和流行趋势。他经常购物，购买最新流行的衣服和饰品，试图通过外在形象提高自己的地位和身份。他重视名利和社会地位，经常参加派对，与知名人士交往，以获得社会的认可，这些活动都可以被视作符号消费的表现。阿莫利在社交场合中展示自己的形象和个性，并关注自己在社交圈子中的地位和关系。这些活动不仅是行为本身，更是符号消费的表现。阿莫利也经常参加想象性消费活动，他喜欢设想并刻意塑造自己想象的形象。例如，他经常想象自己是一名成功的作家，试图通过这种想象来获得真正自我实现的感

---

① 让·波德里亚. 消费社会 [M]. 刘成富，全志钢，译. 南京：南京大学出版社，2006：2.

觉。这些想象和设想可以被视作以发掘自我价值观并塑造自己形象的符号消费。他试图通过与他人交往和接触不同符号来展示自己的身份和文化水平，如在艺术、政治和文学等方面。他试图得到的不仅是外在的荣耀和认可，而且是对自己的肯定和自我认同。这也可以被视为他对符号价值的生产和消费。最终，阿莫利意识到这种消费符号并不能带来真正的个人成长和内在的价值。他开始显现出反思和成熟的迹象，通过经历和思想的改变，重新找到了自己的价值观和奋斗目标。阿莫利试图通过消费符号来实现自我认同。然而，最终他认识到，真正的自我发现和认同需要更深入的理解和更内在的探索。因此，《人间天堂》这部小说告诉我们，虽然符号消费可以给人们带来一时荣光和表象的承认，但真正的自我实现需要的是个人内在的修炼和真正自我发现。小说展示了符号消费的表面虚幻性，并提醒人们应该更加关注自己的个人价值和自我实现，而不是盲目追求符号满足的自我认同和肯定。

在《人间天堂》这部小说中，阿莫利受到大学里一些同学和教师的影响，开始建立起自己对于未来的价值取向。他渴望通过成功和成名来证明自己的价值与地位，这种追求反映了他对于成功和成就的人生诉求，成为他的一种价值取向和符号认同。

阿莫利的身份认同经历了多次转变和变化。起初，阿莫利在普林斯顿大学工作的时候，认为自己的身份应该是一个精英主义者。他对于社交生活和成为知识分子有很高的追求，并向往成为上层社会的一员，体现了他对于知识分子和精英阶层的认同。然而，随着情感生活的波动和变化，当他参加一次革命党的聚会时，他开始怀疑自己的身份认同，并逐渐转向革命主义者。阿莫利开始质疑自己以往的人生选择和信仰，并思考自己应该属于哪个社会群体。他开始寻找自我认同，追求高于物质和权力的人生价值。在接触到菲尔默夫妇和莫斯科伊等人后，他逐渐摆脱了以往的人生追求，更加重视心灵成长和内在的自由，摆脱了以往的束缚，获得了内在的自由和心灵的解放。在和罗莎蒙德的感情纠葛中，阿莫利开始重新认识自己的身份和人生目标。他充分体会到自己在爱情和成功中的迷惘。在重新思考自己身份的过程中，他认识到自己的身份认同应该来自自己的内心。

在和罗莎蒙德分手后，阿莫利才发现自己始终无法摆脱对她的追思。这种追思反映了他对自我与他人的认同关系，他开始对爱情的追求有了新的思考与认识，重新回归到自己的内心。阿莫利在探索和掌握自己身份认同的过程中，逐渐趋向于建立自己独立的身份认同。他开始把自己的身份定义为一个独立的个体，逐渐适应了这种新的身份认同，并通过自己的经历和探索获得了自在的心态。小说通过描写主人公在身份认同上的多次反思和转变，探讨了身份认同的复杂性和多元性。小说通过阿莫利不断的体验和行动，呈现出探寻身份认同的人生探险，反映了人们对于身份的不断追寻和探索。阿莫利经历了一段不断追寻认同自己的人生旅程。这种追寻反映了人类内心的追求和思考，它帮助我们理解了那个时代年轻人的思想和心态，并折射出社会对人生追求和快乐的不同诉求。

《人间天堂》里存在一种虚无的消费主义文化。这种文化强调个人享受和物质获取。在这种虚无的消费主义文化中，阿莫利和他的朋友们常常体验到文化和社会的空虚、无聊和找不到意义的现象，他们不能从这些经验中获得真正的满足感和成就感。首先，小说中的一些人物形象展示了消费虚无的一面。比如，阿莫利的富有、虚荣的同学托理在一段时间内追随一群流浪艺术家，渴望追求刺激。而这种刺激却经常是错误的，没有真正的价值。这种取悦于消费和经验的心态，反映了他们的内在的虚无和精神的寂寞。阿莫利的朋友克利奥帕特拉·琼斯经常在追求物质享受的过程中追逐着昙花一现的激情，但这种激情并没有给她带来真正的满足感。她渴望寻找生命的真谛和真正的幸福感，但在最终的深思熟虑之后，她和阿莫利都意识到她将永远无法找到这些东西。其次，阿莫利自己也深陷在虚无的消费主义文化中。他最初寻求物质和成功，希望证明他的价值和地位。他通过寻找白人资本家和油田大亨的女儿作为潜在的结婚对象，他希望能进入当地精英阶层。但是，在实现这些追求的过程中，他感到自己一直在追求毫无意义的东西，这让他三心二意。最后，阿莫利自身也表现出了消费虚无的一面。他追求的是物质和权力，而不是他的内心真正想要的东西。在一段时间内，阿莫利通过参加社交聚会和与罗莎蒙德的浪漫关系等方式米追求表面的荣誉和金钱，虽然这些看起来给予了他某种形式的快乐和成就感，却无法满足他的意愿。因此，《人间天堂》中的虚无消费，通过反映阿莫利和他的朋友们在消费虚无文化中的深思熟虑和探索，表达了一种消费文化中可能引发虚无和焦虑的现象与认识，提醒我们注意反思我们的生活方式和价值取向，以寻求真正的幸福和满足。"财富的数量和需要的满足，皆不足以定义消费的概念：它们只是一种事先的必要条件。消费并不是一种物质性的实践，也不是'丰产'的现象学，它的定义，不在于我们所消化的食物，不在于我们身上穿的衣服、不在于我们使用的汽车、也不在于影像和信息的口腔或视觉实质，而是在于，把所有以上这些〔元素〕组织为有表达意义功能的实质……如果消费这个字眼要有意义，那么它便是一种符号的系统化操控活动。"① 小说表达出的观点是，如果我们在生活中只是注重追求物质和虚荣的东西，那么我们的精神将无法获得真正的满足感和幸福感。《人间天堂》这部小说呼吁人们寻找真正可靠的价值和激励，而不是被社会和消费主义控制。

二、消费符号批判理论下的《美丽与毁灭》

根据鲍德里亚消费符号批判理论，在资本主义社会，消费成为一种符号交流的渠道，人们通过消费来凸显自己的身份、地位和社会价值。《美丽与毁灭》中的角色在这种社会环境中生活，他们的消费行为直接反映了其在社会中所占的地位。消费符号批判理论指出，现代资本主义社会的消费行为不再是人们简单地满足需求，而是成为一种向外界展示身份、社会地位和价值的手段与符号。在《美丽与毁灭》这部小说中，主人公们的消费行为确实体现了消费符号批判理论的基本思想。主人公安东尼·洛克伍德和格洛丽亚·吉尔伯特经常通过挥霍金钱来保持他们在社会上的高傲地位。"每一个购买行为都既是一种经济行为，同时也是差异性符号价值得以产生的经济转换行为。"② 他们不断地追求奢侈品，如香槟、名车、高档

---

① 尚·布希亚. 物体系 [M]. 林志明，译. 上海：上海人民出版社，2001：222-223.

② JEAN BAUDRILLARD. For a critique of the political economy of the sign [M]. Telos Press, 1981：113.

餐厅、烈酒以及珠宝首饰等，都成为他们凸显身份价值的有力手段。而格洛丽亚也明显反映了消费符号批判理论中批判性的一面，她通过反复换装和深入挖掘文化知识来取悦自己所在的圈子和上层社会人群，获得更多的审美认可和自我认定。安东尼花费了大量的时间和钱财在美食、美酒和艺术品上，以获得与他所属社会阶层相符的社会地位。同时，安东尼把爱情也视为一种消费行为，他通过一名富有女子来维护自己的社会地位。然而，这种以消费为基础的关系，给他带来了空虚和绝望。小说同时也揭示了消费符号批判理论的弱点。安东尼·洛克伍德和格洛丽亚·吉尔伯特的消费行为已经与他们的身份及社会价值关系不大，反而更多地成为自我探索的方式和空洞的精神追求，部分人物的消费行为更容易被资本主义的控制支配，导致了安东尼在过度消费下的堕落和沉沦，以及格洛丽亚在社交界的以貌取人的表面如花之下的孤独和虚无感。小说中的角色也追求通过消费达到自我认同的目的，却经常陷入无尽的欲望和追求之中。他们通过消费名牌商品和特定的消费方式来区分自己与其他阶层的人群，体现出他们的身份和价值。但这种以消费为基础的身份认同是虚假的，随着安东尼和格洛丽亚的破产与堕落，消费的符号意义也变得模糊和不稳定。鲍德里亚消费符号批判理论揭示了《美丽与毁灭》中人类在资本主义自由市场经济中的自我认同和价值观念。小说中的角色经常陷入消费的欲望以及无限扩张的消费社会中。这一现象清楚地表明了现代资本主义社会下的身份认同并非源于个人内在的实质性特征或者自身付出的努力，而是源于在消费特定的商品和生活方式来区分自己与其他人的消费习惯。消费负载着文化、性别、种族和社会等多重层面的意义，人类需要更为深入的思考和思索，以适应不断演变和扭曲的现代消费环境。《美丽与毁灭》中消费符号批判的观点反映出了现代资本主义社会中消费和身份之间的关系，但同时也警示我们消费是一种复杂的、动态的、博弈规则体制的象征意义。如何在文化、权力、消费之间取得平衡，是追求更高的精神和文明境界的必要前提。

符号生产是指在资本主义经济中，生产出的商品不仅是单纯的实际需求物品，更是一种经过包装、营销和塑造的符号，进而影响和促进社会的文化、政治和经济运行。"今天消费——如果这个术语的意义并不是那种粗俗的经济学所赋予它的意义——确切地界定了这一阶段：其间，商品直接作为一种符号，作为一种符号的价值被生产出来，同时符号（文化）也作为一种商品被生产出来。"①《美丽与毁灭》这部小说中的人物的消费行为不仅体现了他们的身份认同和社会地位，也反映了资本主义文化中的符号生产问题。人们不仅仅是在接受和使用符号，也在不断地尝试去创造和生产符号。首先，主人公们花费了大量的时间和金钱来精心设计他们的外观，以使其契合他们所希望的身份和社会角色。比如，安东尼·洛克伍德通过参与社交活动、聚会、晚宴等，不断地想方设法塑造一个令人印象深刻、令人艳羡的形象，表现出他所渴望的相貌和气质。小说中的主人公们不仅仅是消费者，实际上，他们更是符号的生产者和加工者。他们走在时尚、文化和艺术的最前沿，不断寻找新的符号，消费新的产品。例如，安东尼这个角色就在塑造自己的身份上花费了很多心思。他模仿身边的知名人士的言行举止，以此确立自己的社会地位。主人公们还在尝试创造新的时尚、语言和文化潮流，以此吸引更多的关注。安东尼曾经试图让自己成为一名小说家。他不仅在文学上发挥了自己的才干，还不断创造和推广新的文化艺术形式，以此在社会上获得更大的声望和认同。同时，小说中一些角色，如布伦顿、马库斯和金伯利等都是通过利用自身身份和社会地位的符号，对其他角色进行操作和控制。他们不仅生产出自己的符号，也掌握了符号和品牌的控制，通过宣传、营销、广告和推销等方式，大量塑造沉浸在资本主义世界中的人们的需求和观念，从而加深了符号生产的不断衍化和扩张。"这一点在经济生产的领域中很久之前就已经被认识到了——使用价值早已不再存在于体系当中……每一事物，甚至是艺术的、文学的以及科学的产物，甚至那些标新立异以及那些离经叛道的东西，都会作为一种符号和交换价值（符号的关系性价值）而被生产出来。"② 总体来说，《美丽与毁灭》这部小说中的人物是符号生产者。这些符号和标志集中体现了选定的外在形象及内在意义，即属于个人选择的浸润式表达，

---

① JEAN BAUDRILLARD. For a critique of the political economy of the sign [M]. Telos Press, 1981: 147.

② JEAN BAUDRILLARD. For a critique of the political economy of the sign [M]. Telos Press, 1981: 87.

生产出其他人的认知，而非强加于他人。这种符号生产及效果说明了别人如何看待这些人，并从中识别了这些人的身份及豪华质感，进而拥有关于他们的某种信仰和认同。符号生产这一概念深刻影响当代社会中的消费文化、身份建立及社会价值陈述，这同样也呈现了在资本主义经济逻辑下贯穿符号生产的众多问题，如信任、背叛、虚伪和渐进的疏离感，为我们对待消费和生活方式的再思考与审视提供了有意义的参考。

在《美丽与毁灭》这部小说中，符号消费是一种集体激发和传统潜在价值的形式，人们利用符号进行消费，旨在追求个人形象的提升、高傲的形象以及社会地位的保证。主人公们不仅关注他们的消费行为，更关注符号所代表的价值和身份象征。小说中，人们资本化地消费各种高档品牌的汽车、珠宝等，以选取不仅仅是功能性所支持的产品，且能够显现出他人对个人价值观和认知能力的确认。"汽车是一种身份象征，它代表了舒适、权力、权威和速度，除了实际的用途，它作为一种符号而消费，它是某种神奇的东西，是来自于假装领域的居民。"① 消费符号指的是人们购买主要是用于展示自己的社会地位和身份认同的高档品牌与奢侈品，而不是仅仅为了其实际功能或实用价值。主人公们不断花费大量的金钱和精力购买以及展示贵重的物品，特别是购买各种奢侈品，如汽车、服装、珠宝、餐厅等，用以炫耀自己的身份和财富。这类消费其实是为了获得一种虚荣心的满足，让自己看起来更加豪华和才华横溢，从而引起周围人的注意和认可。他们认为社会对于竞争力的意识和注重形象的要求导致了这种消费行为的出现。人们希望通过自己的消费，能够被看作一个能实现大众期望的成功人物，然后体现出整个社会形象的一部分。同时，符号消费还意味着人们在消费商品时过度花费，尤其是主人公的妻子，会为了外表和装饰而费尽心力。此外，人们通过挥霍金钱，以追求豪华的社交活动，如晚宴、交际派对以及其他社交场合，以展现他们的社会地位和价值，体现他们的身份认同。这种消费模式也暴露了其本身的问题。主人公们的消费观念已经扭曲，只是为了满足炫耀和虚荣心的心理需求，而不是为了实际的需

① HENRI LEFEBVRE. Everyday life in the modern world [M]. Transactions Publishers, 1994: 102.

求。他们的消费信仰变得虚无缥缈，几乎遗忘了自己的真实需求和生活价值。随着时间推移，人们对于随时保持自己现有的生活质量和生活状态的需求越来越强烈，他们不断地被符号驱动，产生了各种问题，如精神疲劳、焦虑和沉迷于技巧性消费活动中，等等。在这种消费模式下，人们往往无法确定自己的身份和价值，因为他们的判断往往会受到既有符号的影响，而不是基于自己的个性和精神理念进行决策。《美丽与毁灭》是一部有关符号消费的小说，它在叙述故事的同时，反映了现代消费文明中的种种问题，如购买成为一种依赖、过度消费所带来的心理负担、消费失控等；这种对符号消费的执着只会短暂地让人们感到充实，当他们意识到自己消费得过多时，将会感到失落。

在《美丽与毁灭》这部小说中，符号认同指的是人们通过与符号和身份相关的因素产生的一种情感联系来定义自己。知名度和地位在小说中被视为重要的符号，它们是令人渴望的目标，特别是对于主人公安东尼这类人来说。符号在小说中的象征意义可以分为香槟、时尚、名声和地位、品位和文化、文化艺术等几个方面。其中，香槟在小说中象征着豪华和浪漫，它表现出主人公们激情和快乐的一面，也是他们奢侈生活的一部分。安东尼等主人公常常用香槟来庆祝个人成功，这表明他们认为自己是社会上最优秀的人。主人公们把自己的外表视为崇高品位的象征，他们认为时尚是在当时的社会中体现个人地位和身份认同的一种方式。这种意识导致他们不断购买最新的时尚产品，以凸显他们作为上流社会人士的身份认同。正如凯尔纳所说："……符号形式的一般化与复杂化扩展到从文化到环境的所有方面，导致符号价值的霸权，商品被生产、分布且仅仅是为他们显著的社会意义消费。客体被转变成纯粹地使用符号，由此成了抽象的、与生理需要相脱离的东西。鲍德里亚宣布生产、分配、消费的整个周期被转化到一个抽象的符号系统之中，与客体世界没有关系。在符号价值的虚构世界中，人们通过驾驶一款满意的轿车或穿着设计家设计的时装来消费权力和威望的符号。"[①] 在小说中，大多数人对于名声和地位的追求是

---

① 斯蒂芬·贝斯特，道格拉斯·科尔纳. 后现代转向 [M]. 陈刚，等译. 南京：南京大学出版社，2002：124-125.

主要的符号象征，他们不断地寻求外部认可来证实自己的优越性，并通过他们的地位和声誉来证明自己是成功人士和有价值的。小说中的主人公特别强调他们在纽约上层社会中的名声和地位，同时通常追求文艺、音乐等领域的知识和技能。这些技能和知识象征着成功和"上等人"在文化领域的精神独立和高水平，是他们认知和审美水平的一部分。小说中的主人公对文化艺术的崇尚也是一种符号象征。他们认为自己的兴趣才艺要体现诱人魅力，他们对艺术的热爱能证明自己是具有文化美感和知识水平的社会精英。小说中的主人公借助这些符号来塑造自己的个人形象，并将其与他人进行竞争。他们不断追求具有高价值的符号，并认为这些符号能够为自己赋予更高的地位和更多的权利，而这些地位和权利在社会中也被广泛认可和接受。因此，符号就成为一种人们在社会角色和身份认同方面所关注的因素。同时，小说中还涉及许多其他的符号，比如成就、财富和地位等，这些符号也影响着主人公的自我认同。人们不断地与这些符号建立起联系，并且为自己的身份认同而竞争和奋斗，以成为社会公认的成功人士。在《美丽与毁灭》这部小说中，符号反映了社会对于身份和地位的认知与关注，同时也说明了人们在寻求认同和自我定义方面所作出的努力。然而，在这种符号认同下，人们却也容易忽视内在的真实感受和自我价值，陷入了一种假象中。该小说正是通过这种探索，揭示了象征和符号认同为个人认同构建所带来的深刻矛盾和贡献。总而言之，《美丽与毁灭》这部小说中的符号象征是主人公们身份和价值观的重要体现。他们通过这些符号来展现自己，从而赢得人们的尊重和赞赏。

《美丽与毁灭》这部小说中的消费虚无是一个重要的主题。小说中，人们的消费量超出了他们真正需要的程度，这种过度消费导致了他们的虚荣心和浪费行为，并使他们沉迷于具有象征意义的消费，而忽略了更加重要但无法体现其身份和地位的内在需求。《美丽与毁灭》这部小说中的虚无消费现象就是人们滥用财富和资源，从而获得一种炫耀自己身份和地位的方式；他们将消费变成了生活方式，追求表面虚荣而忽视了内在的价值。这种消费虚无现象在《美丽与毁灭》这部小说中有很多具体体现，如过分追求奢侈品、破坏性的消费行为、刻意营造炫富的生活方式等。"物的区分功能（以及与'消费'相关的符号体系的区分功能）将在（或进入）一种歧视功能中获得指认：因此逻辑的分析（运用分层的技术术语），同时也必须向一种政治分析（运用阶级策略的术语）敞开大门。"① 《美丽与毁灭》这部小说中的主人公安东尼以及周围的上流社会人士都过度追求奢侈品，如汽车、珠宝等，他们不考虑价格和质量，只追求名牌和贵重物品，以此来展示自己的财富和地位。安东尼等人的消费行为通常带有破坏性。他们买下很多酒、食物和其他物品，在聚会上糟蹋资源，证明他们是富有的、有权力的人。他们的身份依赖社会地位和财富，不过，这种追求是一个永无止境的过程。他们的消费虚无越来越强烈，他们对于财富的不断追求、对于年轻的爱慕者的追求，都是一种精神虚无的体现。他们不断地掠夺周围的物质资源，他们的行动带有很强的破坏性，他们的内心被消费虚无缠绕，导致了一种无休止的欲望循环。总体来说，消费虚无的终极目的是展示个人的财富、权力和地位，但这种消费却与真正的需求脱节，导致现代人对于真正的文化和精神价值越来越置若罔闻。《美丽与毁灭》这部小说提醒人们要珍惜真正的财富和有意义的生活，不要盲目追求不必要的消费，否则就会建构自我意识的虚无感，人们需要重新缔造高质量的内在精神追求，融入赖以为生的世界之中。消费虚无是一种精神上的破产，它让人们的灵魂变得浅薄和贫瘠。相反，真正的精神财富是不可消费的，它只有通过内在追求才能实现。《美丽与毁灭》这部小说正是通过对于消费虚无的反思，揭示了现代人追求成功和价值方向上的缺陷，提醒人们应该关注内在生命的含义，有效抵御消费虚无的冲击。

三、消费符号批判理论下的《了不起的盖茨比》

《了不起的盖茨比》是对西方现代文化及漠视人性的尖锐批判，同时也是鲍德里亚消费符号批判理论的极好例证。根据鲍德里亚消费符号批判理论，消费活动是现代文化中最为重要的符号行为，而商品则是这种符号

---

① JEAN BAUDRILLARD. For a critique of the political economy of the sign ［M］. Telos Press, 1981：53.

行为的主要媒介。现代社会中的符号行为已经取代基本物质需求的满足成为人们的关注重点，而消费活动则成为现代文化中最为重要的符号行为。《了不起的盖茨比》这部小说正是通过描述盖茨比和其他角色挥霍奢侈的生活方式，展现了消费文化对人类生活的掌控。人们通过消费来展示自己的身份地位，而商品则是展示身份地位的主要媒介。然而，这种消费文化的过度推动却导致了现代社会人们对真实的追求和珍视的丧失。在《了不起的盖茨比》这部小说中，盖茨比完全沉浸在消费娱乐的世界中，他邀请珠宝商、明星、政要和其他富人参加豪华的派对。在这些派对中，他们的穿着、饮食和娱乐都是以炫耀为目的，而非真正的享受。盖茨比无论是举办盛大的聚会，还是花费巨资塑造自己的形象，都是为了展示自己的财富和地位，以获得社会认可。"即对世界进行剪辑、戏剧化和曲解的信息以及把信息当成商品一样进行赋值的信息、对作为符号的内容进行颂扬的信息。"① 如鲍德里亚所言，这种行为只是为了符号本身的效应，而非实际的需求。这种奢侈的生活方式被描绘成空虚浅薄，人性被消磨殆尽。鲍德里亚消费符号批判理论认为，消费文化不仅影响了个人的生活，还影响了整个社会的意识形态及文化，这在《了不起的盖茨比》这部小说中得到了体现。这部小说中的社会精英们已经无法分辨客观事实和他们自己所创造的符号之间的真实与虚假。他们通过消费来展现自己的身份和地位，同时也被符号掌控。他们失去了自我和真实的价值判断。盖茨比的虚假身份并未得到社会的认可，反而丧失了他曾经真实的感情生活。他沉湎在消费文化中的同时，也失去了自我和真正追求的方向。反观《了不起的盖茨比》中感性真诚的人，却深深了解到真实和价值是多么的可贵与必要。小说正是通过这样的人物塑造和情节展示，不仅是对西方现代文化的尖锐批判，也为我们指明了现代社会是如何摆脱消费文化的陷阱，回归真实和价值本身的。鲍德里亚认为，消费文化已经掌控现代社会的意识形态和文化，使人们失去了自我和真实的价值判断。这部小说中的富人和权贵精英们，尤其是盖茨比之所以在《了不起的盖茨比》这一消费符号批判理论中被描绘得如此空洞和虚幻，正是因为他们看不见符号与真实之间的区别，往往只把

---

① 让·波德里亚. 消费社会 [M]. 刘成富，全志钢，译. 南京：南京大学出版社，2006：93.

握住外表的防御式再现符号，而对内在真实的价值几乎毫无体验而言。

在《了不起的盖茨比》中，符号生产是非常显著的。在这部小说中，富裕阶层将奢侈品、名牌服装等作为身份、地位和成功的象征，以此来获得社会认同和精神满足。从这个角度来看，商品已经不再是普通的物品，而是成为一种符号，参与到社会生活的沟通中去。生产符号是众人共同努力的结果。勤劳的工人们制造商品，虚荣的富人们买下这些商品，并用它们来展示自己的财富和地位。通过这种生产符号的方式，富人们控制了社会的文化和意识形态。顶级富豪们的交际圈子就是符号的生产地，他们通过豪华的聚会、名人的邀请、最新的时尚、最贵的饮食等方式，搭建一种跨越阶层的符号生产网络。这些符号生产者不仅是消费商品，更是对社会认同的创造者。"拜物教所表达的并不是对于实体（物或者主体）的迷恋，而是对符码的迷恋，它统治了物和主体，使它们都屈从于符码的编排，并沦落为抽象化的操作。这就是意识形态运作的基本关系：不是在由各种各样的上层建筑反映出来的异化了的意识中，而是在各个层面的结构性符码的普遍化中。"① 此外，这部小说中的一些象征性的物品也成为符号的代表，如盖茨比的"绿灯"和"黄色轿车"等。这些物品不只是描写人物或环境的背景，而是有着深层的象征意义，如"绿灯"象征着盖茨比的理想，反映了现代人的追求已经超越物质需求，而"黄色轿车"则象征着浪漫主义情感向物质追求的纷乱困顿，揭示了现代人精神的缺失。《了不起的盖茨比》这部小说中还有一些生产符号的场景，如制作冰块和调制鸡尾酒的场面，通过这些生产过程，人们不仅在物质上制造了符号，也在文化上制造了符号。这些物品和行为化身为强大的符号，成为展示他们财富和地位的工具。然而，生产符号从根本上来说只是一种虚假的方式。菲茨杰拉德通过生产符号，人们可能会获得短暂的荣誉和表面的成功，但是这些都是短暂的，不会真正地改变他们的内心世界。盖茨比通过生产符号试图获得黛西的认同和爱情，但这种尝试只导致了他最终的失败和悲剧。《了不起的盖茨比》虽然有丰富的生产符号的场景，但它同时也在批判这种虚

---

① JEAN BAUDRILLARD. For a critique of the political economy of the sign [M]. Telos Press, 1981: 92.

假的方式。菲茨杰拉德通过作品中丰富多彩的符号生产，将现代社会中表面的神话、虚假的现实难以分辨的特征自然而然地呈现出来。这种符号生产的方式几乎将现代消费文化关于身份、地位和成功的标志深深地烙印在了每一个现代人的心中。《了不起的盖茨比》这部小说告诉我们，真正的成功和幸福来自内心的成长和自我认知，而不是通过虚假的表象去追逐虚无缥缈的东西。

在《了不起的盖茨比》这部小说中，符号消费是财富阶层展示身份、地位和成功的一种手段。财富阶层通过购买昂贵的服装、珠宝和豪华的住所，以及驾驶高档汽车等方式来展示自己的财富和地位，并试图通过这种形象来获得社会认可，并在生活中不断地炫耀自己的消费能力。财富阶层对豪华生活的追求成为一种社会现象。盖茨比就是一个消费符号的代表。他通过收购名牌商品来塑造自己的虚拟形象，打造出一种社会达官贵人的身份标志。实际上，盖茨比的形象和所谓的"真实"的盖茨比之间存在很大的差异。"商品拜物教是抽空了具体劳动实质的产品拜物教，并且屈从于另外一种类型的劳动，另外一种含义的劳动，也就是指被符码化的抽象的劳动（差异性与符号价值的生产）……拜物教实际上与符号物关联起来，物的实体性存在和历史被掏空，被还原为差的标记与整个差异体系的概括。"[①] 由于消费符号的权力，富人们失去了他们生命的意义、真正的人性、感性和情感。盖茨比聚会中饮用的鸡尾酒、穿的华丽晚礼服、开的时尚汽车以及戒指等珠宝，都代表着财富阶层的高尚身份。这些符号只有通过适当的消费才能真正地发挥其价值。同时，在《了不起的盖茨比》这部小说中，消费符号也揭示了财富阶层的虚荣和贪婪。他们通过炫耀自己的财富和地位来试图掌握社会的控制权，然而这种做法让他们陷入了精神空虚、情感的缺失、灵魂的荒凉等危机之中。《了不起的盖茨比》这部小说以它独特的方式探讨了财富阶层消费符号的后果，通过细致入微地描写富人们的日常生活和行为，展示了富人阶层里虚荣和贪婪的一面，揭示了他们内心的脆弱和矛盾。该小说将场面化成了一个豪华、虚荣和荒谬的整体

---

① JEAN BAUDRILLARD. For a critique of the political economy of the sign [M]. Telos Press, 1981: 93.

印象，使社会价值、道德观念等深层次的因素与人物的物质生活构成了强烈的视觉体验。因此，从符号消费的角度来看，《了不起的盖茨比》这部小说以独特而复杂的方式诠释了符号消费的含义、价值、作用和后果，证明了虚荣、过度的消费本身并不能带来真正的幸福。这部小说通过描绘消费符号的图景和传递消费符号的信息暴露了现代社会的种种危机和问题。它告诉我们，真正的价值不在于用物质来衡量，而是存在于人类的内心和意识之中。真正的成功和幸福是内在的，而不是靠消费符号来决定的。

　　虚无消费指的是人们通过消费物质财富和奢侈品来获得自我认同和社会地位，但这种消费追求却在表面上带来了短暂的乐趣和满足，实际上并不能真正满足人们内心的需求。"存在着一种符号与其签名之间的结合——在绘画中一个符号同其他符号区别开来，却又与它们具有同质性；一个名字与其他画家的名字相区别，但他们在同一场游戏中成为共谋者。正是通过这种主观系列（真实性）与客观系列（符码、社会认同、商业价值）之间模棱两可的联结，通过这种被感染的符号，消费体系才得以运行。"① 在《了不起的盖茨比》这部小说中，消费虚无是一个非常强烈的主题。该小说通过讲述 20 世纪 20 年代美国的消费文化，探讨了社会的虚荣和表面上的快乐所带来的虚无感。主人公盖茨比通过收集昂贵的服装、珠宝等奢侈品，来塑造自己高贵的形象，向他人展示自己的财富和地位。他的这些消费行为想让自己获得自尊、自信和自我认同感，但实际上这些虚无的物质享受并没有带来真正的内心满足和价值。小说中的角色，尤其是盖茨比所追求的"美好未来"和"爱情"本质上都是虚无的追逐。尽管盖茨比拥有了物质财富和与之相关的消费品，但他的人生中缺乏了真正的灵魂，这一点在他的名字的不同发音中可以得到体现。这部小说中的其他角色虽然与盖茨比不同，但同样在追求虚无的消费活动上花费了大量的时间和精力，而忽略了内心真正的追求。他们花费大量的时间和金钱赴派对、购买奢侈品等，以此来维护他们在社会中的地位和形象。然而，这些消费行为没有使他们真正获得社会认可和内心的满足，反而使他们的生活充满了空虚、

---

① JEAN BAUDRILLARD. For a critique of the political economy of the sign [M]. Telos Press, 1981：105.

孤独和失落。富人们的消费虚无表现为通过购买物品、参加派对等行为来满足自己对身份和权力的追求。对于这些富人，消费和虚荣收入的优先级高于一切，他们注重的是他们所在的高级社交圈与他们的地位和财富。《了不起的盖茨比》这部小说通过描写这些角色的空虚、孤独、绝望和寂寞来表现出这种虚无。盖茨比在取得了财富、得到了爱、获得了成功之后依然感到空虚和不满。整部小说的终极结局表明了这种虚无感：盖茨比无法获得自己所追求的价值，他的生命缺乏了意义和目标。这部小说通过描绘虚无消费的现象，暴露了人性的脆弱和社会现实的丑陋面。这种虚无消费模式强调物质财富的积累和对奢侈品的追求，却忽略了人们内心真正的需求，尤其是精神上的需求和人与人之间的关系，造成了虚假和浅薄的人际关系和社会价值观。《了不起的盖茨比》这部小说通过消费虚无来探讨日常生活和社会现实的基本问题。这部小说中的这种论述方式对当代社会也有重要的警示意义，因为在当今由消费者主导的社会里，人们同样存在着虚无和表面浅薄的问题。

四、消费符号批判理论下的《夜色温柔》

鲍德里亚消费符号批判理论认为，当消费行为不再是满足基本生活需求，而是成为一种文化和社会的象征时，消费就失去了实际意义，而成为一种表面上的符号。"从符号价值的角度，鲍德里亚对现代社会中的社会控制和商品拜物教等做出了新的说明。如果说在早期资本主义社会中，社会控制是通过资本家占有工作的剩余劳动所创造的剩余价值来实现，鲍德里亚则告诉我们消费社会通过符号价值达到了更加有效的社会控制。"①《夜色温柔》是一个非常典型的例子。这部小说中的角色们疯狂地追逐奢侈品和表面上的消费象征，把这些消费行为当作社会地位的象征，而忽略了真正的内在需求，导致自己的内心逐渐空虚和失落。这部小说中的主人

①　俞吾金. 现代性现象学：与西方马克思主义者的对话［M］. 上海：上海社会科学院出版社，2002：254.

公迪克和妮珂儿都是身处富裕的社会阶层，他们的生活中充满了奢侈品和贵族消费品。然而，这些消费不再是为了满足其基本需求，而是为了维护其在社会中的地位和形象，成为一种表面上的符号。他们购买服装、珠宝、驾驶豪华汽车等，表现了他们拥有的特权和独特性等，但他们所追求的这些目标却没有使其内心得到满足。迪克在故事中同意妻子的购物需求，但他自己并没有真正领悟消费行为的内在意义。当他面对破产、婚姻的失败和自我认知的挑战时，他才发现自己感觉更接近于自给自足的贫穷生活，而不是有钱人的奢华生活。这部小说中的人物追逐消费符号，因为他们希望通过这种方式获得社会地位和满足内心需求。然而，这种需求并不是真正的内在需求，而是社会和文化价值观的压力所导致的。这种消费不再满足基本需求，而是被用来满足符号需要，成为表象上的装饰或是形成偏见的来源。在这部小说中，这些消费并没有真正让人们得到安全感和满足感，反而让人们的内心更加空虚。最终，妮珂儿和迪克的婚姻走向了崩溃，迪克无法再维持他虚假、浮夸的生活方式，最后选择了自给自足的贫穷生活。他们希望通过追逐消费符号这种方式来获得社会地位和安全感。然而，这种需求并不是真正的内心需求，而是社会和文化价值观的压力所导致的。

对于鲍德里亚来说，这是一种虚假的消费，因为它不再满足基本需求，而是被用来满足符号需要，成为表象上的装饰或是形成偏见的来源。鲍德里亚的消费符号批判理论强调消费行为的社会和文化内涵，它揭示了人们在消费中所追求的虚无和表面上的拥有。在《夜色温柔》这部小说中，他们追逐的是表面上的流行和奢华，而忽略了消费背后的社会讯息和符号本质。菲茨杰拉德通过揭示角色们的虚无的消费行为，暴露了社会价值观的虚假和内在需求的重要性，呼唤人们应该从内心要求出发来追求生活中的幸福与满足，而不是受制于社会和文化的虚假价值规定。

符号生产是指各种社会、文化和消费符号在社会中的生产与流通过程，是社会和文化形态的特定表现。符号的生产被视为社会、文化和消费的一部分，这些符号不仅被用来彰显个人身份和社会地位，而且作为一种文化产物影响人们的生活方式和价值观念。在《夜色温柔》这部小说中，符号生产被视为文化生产的一部分。这部小说中的符号生产主要体现在角色们的生活方式和价值观上。他们主要通过购买昂贵的消费品来赋予自己在社会中独特的身份标识，这些消费品在社会中被视为高贵、优雅和前卫的象征。草草地打扮或者过于朴素的生活方式则被视为失败的标志。这些消费品的价格定位成为符号生产流程中非常重要的一环，它不仅代表了社会和文化的文化符号，还作为一种商业商品生产流通，从而促进了经济的发展。然而，这部小说中符号生产的背后是一种虚假和浅薄的生活态度。这种虚假和浅薄的态度反映了角色们没有真正思考自己和他人的价值标准，疯狂追求表面上富有奢华的生活方式，而忽略了那些真正重要的精神和情感，这些东西使得他们的生活缺少了思想上的深度和内在的意义。"……而是让一个符号参照另一个符号，一件物品参照另一件物品，一个消费者参照另一个消费者。"[①]《夜色温柔》中的符号生产体现了社会、文化和消费的某些方面，这些方面反映了人们对不断变化的时尚和趋势的追求，也对社会和文化的价值观快速变化做出反应。而在符号生产制造出的一系列表面上的奢华和虚无生活中，人们应该去关注真正重要的事情。只有真正关注生活的内在深度，才能真正帮助人们获得幸福感和内心满足感。

在《夜色温柔》这部小说中，菲茨杰拉德运用消费符号的手法展现了美国精英阶层的生活，比如黄金和钻石、汽车、酒类等，这些消费符号表明了 20 世纪初美国精英阶层对于刻意炫耀地位和社会地位的渴望，但也揭示了消费背后的虚荣、浪费和虚无。珠宝是很多人追逐的梦想。主人公们在小说中透露出他们非常珍视黄金和钻石等贵重物品，这些物品经常作为礼物赠送给别人，或是佩戴在自己身上。在这些珠宝的背后，隐藏着对金钱、权利和社会地位的渴望。汽车在 20 世纪初的美国代表着一种奢侈的消费，而且汽车品牌也会影响人们的社会地位和对身份的认识。主人公们在小说中经常参加各种聚会和社交场合。酒类象征着奢华和享乐，并为主人公们带来短暂的愉悦。但是，这种享乐很快被虚无和孤独代替。通过描述主人公们的消费习惯、社交场合和生活方式，作者菲茨杰拉德向读者揭示

---

① 让·波德里亚. 消费社会 [M]. 刘成富，全志钢，译. 南京：南京大学出版社，2006：95.

出一些消费背后的符号意义。比如，主人公们在法国南部的度假胜地花费巨资购买贵重的衣服、首饰、运动设备以及其他奢侈品。这些物品虽然价值昂贵，但却没有实用价值，它们唯一的价值在于巩固拥有者的财富地位。通过这种方式，主人公们试图彰显自己的社会地位和文化背景，强调自己的"精英"身份。然而，这种符号消费并未使主人公们变得满足和快乐，相反地，他们感到越来越孤独、迷茫和空虚。这是因为，他们没有意识到符号消费背后的实质，只是盲目追求炫耀自己的地位和身份，并没有从内心深处寻找快乐。因此，菲茨杰拉德在小说中表达了对虚荣和奢侈消费的关切，并呼吁人们要从内心寻找真正的快乐和满足。

在《夜色温柔》中，作者菲茨杰拉德通过描述美国20世纪初的富人和精英们的消费行为，展示了虚无主义在当时流行以及带来的消极后果。这部小说中描述了主人公们聚集在度假胜地中的豪华生活，他们会购买贵重物品，如珠宝、运动器材以及装有昂贵饰物的服饰等。这些物品并没有实用价值，只是为了展示其财富、地位。这种消费方式并不是因为他们享受居住在度假胜地，而在于这样的消费是对他们财富和地位的炫耀。这部小说中的主人公们经常在豪华的游乐场、度假区和豪华酒店聚会消费，但他们在这个场所中也感到虚无和孤独。这部小说中的主人公们会花费大量的财力和精力在无意义的娱乐活动上，如赌博、派对等。这些娱乐活动并不能够为主人公们带来真正的愉悦。在这部小说中，私人派对和聚会充斥着主人公们的生活，他们整晚开心地跳舞和疯狂。在这个虚荣世界里，大家都在追求一种毫无意义的生活方式。这部小说中的主人公们经常参加某些慈善活动，但是往往这些活动都是空洞和没有实际意义的。这些慈善活动都是为了炫耀他们的财富，而不是真的为了帮助他人。因此，《夜色温柔》充满虚无感，他们把自己拥有的所有都花在了无用的东西上，不断地追求更多的物质，以证明自己的阶层身份和地位。但在这个过程中，个人内心的深刻需求变得越来越不可描述，窥见了人们缺少内心精神上的满足的真实本质。这些虚无消费的行为方式，表明《夜色温柔》这部小说中的主人公们在追求虚无感。然而，这种消费方式不仅没有让他们获得更多的真正的快乐，反而让他们陷入更深的虚无感之中。

菲茨杰拉德的作品经常描写20世纪初美国社会中的社会阶级差距和人物对社会身份的追求。消费符号批判理论可以帮助我们解读这些符号，揭示特定的消费品、生活方式和社交活动如何成为社会地位和身份认同的象征。这有助于我们更深刻地理解人物通过消费行为来塑造自己的社会身份。菲茨杰拉德的作品涉及20世纪初美国社会中的广告文化和物质主义。消费符号批判理论有助于分析《夜色温柔》这部小说中描绘的广告、品牌、文化产品等是如何通过符号的方式影响人物的消费意识的。菲茨杰拉德的作品中常常强调人物的品位，包括艺术品、时尚、音乐等。消费符号批判理论可以用来解读这些审美选择，深入探讨人物通过对特定文化符号的追求来表达自己的身份认同。消费符号批判理论有助于分析这些社交活动，通过特定的消费行为和符号来塑造和维持社会形象。菲茨杰拉德的作品中反映了对物质主义的追求和由此而来的空虚感。消费符号批判理论提供了一个框架，使我们能够深入思考在小说中描写的消费行为如何与个体的内在需求和情感疏离相联系，以及物质追求是否真的能够带来满足。于菲茨杰拉德的作品研究中通过应用消费符号批判理论，研究者可以更全面、深入地理解他对当时社会现象和个体心理状态的观察，以及作品中所呈现的对消费文化和物质主义的批判。这种分析有助于揭示小说中隐藏的符号学意义，以及对社会文化变迁的理解。菲茨杰拉德的作品通过对消费符号批判理论的运用，彰显出了消费符号对人们行为、心态和价值观念的影响。他的作品充分反映了消费文化现象在社会文化、经济和政治方面的贯穿作用，社会中存在的浮华、虚伪和失落等问题，成功地展现了消费文化的各个方面。鲍德里亚消费符号批判理论认为，现代社会中的消费已经从原来的满足需求的功能转化为了一种符号，人们的购买行为更多地取决于物品所代表的身份、地位和社会认同感，而不是实际的使用价值。消费在现代社会中已经不再是为了满足物质需求，而是成了一种符号，人们购买东西不是因为物品实际的使用价值，而是因为物品所代表的身份、地位和社会认同感。"新资本主义对社会统治的重心不再是生产而是消费，不再是经济与政治领域而是日常生活领域，不再是直接的物质利益操纵而是技术管理与组织化，不再是技术理性对外在自然的统治而是欲望的控制，是通过符号图像与流行的体系次体系这些景观化的商品，所实现的对人的深层精神欲望世界的殖民化。"① 菲茨杰拉德通过他的小说巧妙地展示了这种消费符号在 20 世纪初富人阶层中的影响，并披露了这种符号对人们内心世界和人际关系的影响，强调消费文化现象贯穿社会经济、政治和文化各个方面。《夜色温柔》通过对 20 世纪初富人阶层的生活和消费方式的描述，彰显了消费符号对人们心态、价值观念和行为的影响，并透过这种消费文化现象描绘了当时的社会、经济和文化背景。菲茨杰拉德的小说在描述人们的虚荣和消费行为的同时，也披露了这些行为的背后的基本特征，突出表现消费符号在人们身份、地位及社会认同方面所起的作用。他的作品让我们重新审视消费与社会文化意义及影响的观点，反思当今物质生活过度、消费压力过大的现象。

---

① 刘怀玉. 现代性的平庸与神奇：列斐伏尔日常生活批判哲学的文本学解读 [M]. 北京：中央编译出版社，2006：324.

第五章 总结

一、菲茨杰拉德作品中的消费异化批判及消费符号批判

　　菲茨杰拉德的作品中的人物常常通过追求昂贵的消费品来建构自己的社会认同。然而，这种追求往往是虚幻的，因为他们试图通过物质来填补内在的空虚，但最终却发现物质并不能真正满足心灵的需求。学者通过消费异化批判理论，可以分析这种虚幻追求如何导致了对真实幸福的疏离和异化。菲茨杰拉德的小说中经常描述人物受到社会期望的影响，迫使他们通过消费行为来实现社会认同的愿望。这种社会期望对个体的异化产生了影响，使其在追求社会认同的过程中，疏离了真实的自我。这体现了消费异化批判理论中对于社会期望导致个体价值疏离的关切。学者通过消费异化批判理论，可以分析奢侈品如何成为建构身份的象征，但其背后的真实身份却被异化了。菲茨杰拉德的作品中反映了们对财富和成功的追求如何导致人际关系的疏离。人们在追求金钱和社会地位的过程中，往往忽视了真实的人际关系，导致了与他人的疏离。消费异化批判理论可以用来分析金钱和社会地位的异化是如何影响个体之间的人际关系的。菲茨杰拉德的作品中反映了对空虚感的深刻反思。人们通过过度的社交和奢侈品消费试图填补内在的空虚，但最终发现这并不能带来真正的满足。通过消费异化批判理论，可以分析这种对空虚感的反思，揭示了个体通过消费行为而产生的内在疏离。通过将消费异化批判理论引入菲茨杰拉德的作品研究中，可以更深刻地理解他对当时社会现象的批判，以及他对个体在追求物质成功和社会认同过程中经历的疏离和异化的关切。马克思认为，私有制是导

致消费者异化现象的根本原因之一。在资本主义制度下，商品是由无数的个体劳动者在复杂的社会分工关系中分割生产出来的，然后再由市场分配。商品由于具有交换价值而被转化为货币，形成资本积累，而消费者则成为资本主义的被动承受者。由于商品的生产和销售都是以盈利为目的的，因此商品生产和销售的方向与速度都是由资本家和市场决定的，而不是由消费者的需要决定的。这导致了消费者无法自由选择自己真正需要的商品，而是被迫追求形式和虚荣心理，从而导致消费受制于无形的市场规律，最终成为资本和商人的"奴隶"。马克思在《资本论》中指出，商品经过货币交换被转化为资本，最终体现为生产的目的是消费，但消费在资本主义社会中却被异化了，因为生产的目的是追求利润，而不是满足人类的需要。商品成了资本主义营销的工具、为奢侈品等营销卖点而生产。阿多诺、马尔库塞、弗洛姆等人继承了马克思的商品拜物教与异化理论、卢卡奇的物化理论，结合资本主义发展的新特征，向世人展示了在资本主义消费经济时代商品化是如何渗透到社会生活和人们的内心邻域的。"在他们的理论中，资本主义已经成了一个物化和自我合法化的模式，在那里客体世界变成了主宰，人类的健康快乐被界定为对商品的挥霍浪费，批判的思想被湮没在大众适应的'单向度'文化中。"[1] 马克思认为，资本主义社会生产、消费的方式和目标不仅导致了商品的廉价和低质量，而且还使消费者失去了作为人的尊严和自由，成为资本主义体系的被支配者。总之，马克思认为，私有制是导致消费异化现象的根本原因之一，在资本主义社会经济体系中，人类的本性被压抑，人与人、人与自然之间的关系受到扭曲。社会要真正解决消费异化的问题，就必须先彻底改变社会的生产方式，坚持社会主义公有制，使人们的自由意志可以更好地表达、实现，让消费真正地服务于人类的整体利益。

菲茨杰拉德的作品描述了 20 世纪初美国社会中的社会阶级差距。研究者通过消费符号批判理论，可以分析小说中的消费品、服饰和生活方式等符号。菲茨杰拉德的作品反映了 20 世纪初美国社会中的广告文化和物质主

---

① 斯蒂芬·贝斯特，道格拉斯·科尔纳. 后现代转向 [M]. 陈刚，等译. 南京：南京大学出版社，2002：101.

义。研究者通过消费符号批判理论，可以分析小说中描述的广告、品牌、文化产品等，了解它们如何在小说中成为社会认同和成功的象征。菲茨杰拉德作品中的人物通过对这些符号的追求，试图在社会中取得一席之地。菲茨杰拉德的作品中的人物常常通过对艺术、时尚和文化的品位选择来建构自己的身份认同。研究者通过消费符号批判理论，可以分析这些审美选择，探讨人物如何通过特定的品位来表达自己的社会身份。菲茨杰拉德的小说中描述了社交活动和人物之间的关系。研究者通过消费符号批判理论，可以分析人物在社交活动中选择的消费品，了解它们如何成为社交象征，影响人际关系和社会地位。菲茨杰拉德的作品中反映了对空虚感的深刻反思。研究者通过消费符号批判理论，可以分析人物通过过度的社交和奢侈品消费来试图填补内在的空虚。这种通过消费来追求幸福感却产生空虚感的现象体现了消费的异化，即消费并不能真正满足个体的内在需求。通过消费符号批判理论，可以帮助研究者深入理解菲茨杰拉德的作品中有关消费文化、社会认同和身份的深刻见解。这种视角有助于揭示小说中隐藏的符号学意义，深化对当时社会文化变迁的理解。

鲍德里亚认为，在现代社会中，消费已经不再是满足简单需求的行为，而是一种象征性的行为，人们购买的商品不仅是商品本身的使用功能，更是商品背后所代表的社会地位、身份认同等符号意义。这种符号消费的行为在一定程度上导致了消费和生产之间的异化。在符号消费的背后存在着一种虚假的消费承诺与营销手段，即"虚荣心消费奴隶"。消费者往往通过购买昂贵的奢侈品和品牌商品来追求更高的社会地位和名望，但实际上，这种消费并不能真正满足自己的需求，反而会让自己陷入更深的消费奴隶状态中。鲍德里亚认为，符号消费背后是由商业广告、媒体文化等制造行业的力量所制造出来的虚幻世界。这种虚假的消费承诺和营销手段让消费者陷入一种难以自拔的生活方式和价值观中，最终实现了消费和生产的本质异化。因此，鲍德里亚对符号消费异化进行了批判，他提出了"消费社会"和"符号交换"的概念，用以反映现代社会商品交换的符号意义并非虚无缥缈，而是实实在在存在于商品内部与外部的文化符码之中，企业通过刻意的包装、节日氛围、明星代言等符号标志，引导消费者的行为、满足他们的内在需求，以此来增加市场份额和市场盈利。正如马克思和恩格斯指出的那样："资产者的假仁假义的虚伪的意识形态用歪曲的形式把自己的特殊利益冒充为普遍的利益，这位具有移山信念的乡下佬雅各却认为这种歪曲形式是资本主义世界的现实的世俗的基础。"① 鲍德里亚的消费符号批判表明，消费与生产之间的异化并非仅仅是商品的价值和金钱价值的数量差异，而是深深地植根于现代社会的文化、心理和价值体系中，以此来反思和探究消费符号和社会结构问题的根源。

消费异化源自马克思主义的异化理论，强调个体在生产和消费过程中与自身的劳动、产品和社会的关系会发生疏离。个体的劳动和消费被异化，成为一种疏离的、虚构的经验，剥夺了个体对自身劳动和生产的掌控感。在消费异化中，个体往往失去了对商品和消费品实际价值的认知，而将其视为一种符号、象征或标志。消费符号是指商品和消费品所携带的象征意义，超出了其实际的使用价值。这些符号通过广告、品牌、文化产品等方式赋予社会和个体特定含义，成为一种文化语境中的象征。消费符号既可以是品牌标志、特定颜色、款式，也可以是与某一社会阶层、文化群体或价值观有关的符号。人们通过购买和展示这些符号来表达自己的身份认同、社会地位和价值观。消费符号在某种程度上可以被视为消费异化的具体表现。在现代消费社会中，个体常常通过购买和展示特定的消费符号来追求身份认同，但这种追求往往是异化的，因为个体很可能失去了对真实需求和价值的认知，而将其置于消费符号的虚构象征之中。消费异化可能导致个体对消费符号的过度追求，将其视为填补内在空虚、获取社会认同的手段。在这种情况下，个体可能不再关注商品的实际使用价值，而更关注其作为符号的象征意义。消费符号的涌现和社会对其赋予的特定意义，也可能被视为社会对个体的一种异化。社会期望、广告文化和品牌营销等因素诠释了符号的含义，而个体在追求这些符号时往往是在追求社会所制定的标准，这反映了对于真实自我和劳动的异化。消费异化和消费符号之间存在密切关系，消费异化反映了个体在现代消费社会中对真实劳动和产品的疏离，而消费符号则是在这种异化背景下崛起的一种文化现象，

---

① 马克思恩格斯全集：第3卷 [M]. 北京：人民出版社，1960：195.

成为人们表达身份认同和社会地位的符号语言。

消费符号批判强调，在消费行为中，个体通过购买和展示特定的消费符号来表达自己的身份认同、社会地位和价值观。个体关注的是符号作为一种文化语境中的象征，具有社会建构的特性，以及人们如何通过符号与社会互动。消费异化批判注重个体对商品实际使用价值的疏离，将商品看作被异化的劳动成果，而个体对其的认知和体验与生产过程疏离。消费符号批判关注个体如何通过购买和展示商品来传达特定的象征意义，强调商品作为符号的角色，超越了其实际功能，成为文化中的象征。消费异化批判着眼于社会对个体劳动和产品的异化，强调社会结构和经济制度对个体的影响，导致了对真实需求和价值的疏离。消费符号批判强调社会对符号的建构，通过广告、文化产业等方式将特定的象征意义赋予商品。社会期望和文化语境对符号的塑造起着重要作用。消费异化批判将个体的真实劳动和产品的异化与身份认同的疏离联系起来，认为在现代社会中，个体通过劳动和消费的异化失去了对自身身份的真实认知。消费符号批判强调个体通过消费符号来建构和表达身份认同，但也指出这种身份认同往往是在符号的象征世界中建构的，而非真实的个体经验。尽管存在这些差异，但消费异化批判和消费符号批判也有交汇之处。在某种程度上，它们共同强调了在消费社会中，个体与产品、劳动、社会关系之间发生的疏离，以及这种疏离如何影响了个体的认知、体验和身份认同。

在资本主义制度下，生产和消费的目的都是获取利润和追求无限经济增长，劳动仅仅是为了创造新的资本价值。在资本主义社会，劳动者似乎只是机器的一部分，丧失了自我实现的权利和机会，只能在资本家和市场的支配下不断地进行劳动。这种劳动关系的本质是将人看作工具，把劳动者变成了被资本和市场支配的客体。在资本主义社会，消费与生产、交换、利润等经济过程深度交织在一起，由于商品的生产和销售均是以实现财富积累为目的，因此生产和销售的方向与速度都是由市场和资本家决定的。"货币不仅是致富欲望的一个对象，而且是致富欲望的唯一对象。"①在这样的经济体系中，消费者被迫追求形式和虚荣心理，而不是真正的需

---

① 马克思恩格斯全集：第30卷 ［M］. 北京：人民出版社，1995：174.

要。在资本主义社会，商品只有在被消费之后才能变现成资本积累。"奢侈品""限量版""明星同款"等消费形式更成为资本扩张、营销宣传的重要工具。消费者消费的导向和信仰对于生产的策略与方向也有着深刻影响。消费者虽然扮演着资本主义体系从产出到流通再到消费环节的最重要角色，但真正受益的只是资本家和那些掌控商品流通渠道的人，而大众消费者始终处于受支配地位。同时，为了追求无限经济增长，资本主义中的生产和消费所形成的环境破坏也愈加严重，导致生态环境进一步恶化，从而使人和自然的关系更加紧张。综上所述，马克思的消费思想揭示了资本主义制度下劳动关系的弊端和不足，深刻地说明了生产与消费的关系并指出这种关系的不断加深和复杂化导致资本主义社会存在的各种问题。

鲍德里亚认为，现代资本主义社会是一种消费社会，消费在其中起着重要的作用，甚至主导着整个社会。消费不再是一种简单地满足需求的行为，而是成了一种符号、象征、身份、认同和娱乐等综合体验，它深刻地影响着人们的生活方式、文化观念、社会关系和个人意识形态。在消费社会，市场经济对人们的行为和思考方式产生了深远的影响，将生产和消费两个方面有机地联系在了一起。鲍德里亚将现代社会分为生产领域和消费领域两个方面，认为两者之间存在着一种类似"黑洞"的关系，即生产领域的物质世界被转变成了消费领域的符号世界，而消费领域的符号世界又在不断地吸引和扭曲生产领域的物质世界。因此，生产和消费之间不再是一种单向关系，而是形成了一种互相依赖、相互影响、不断反复、相互转化的关系。鲍德里亚把这种现象称为"消费现代性"。鲍德里亚的消费思想揭示了当代资本主义社会关系的现状。他认为，当代消费社会中的"符号消费"反映了现代社会经济、文化和政治生态的深层次变化，表现了个人与社会、人与自然之间的相互作用关系、权力和生活方式的变迁等问题。同时，他还指出了资本主义社会中的消费虚假，即消费的多样化、便利化、安全化、高品质和高档次背后隐藏着一种虚假意识形态和消费欺骗现象。"尽管鲍德里亚与前辈有相似之处，但他仍将我们带入社会发展的全新领域：超越马克思、超越新马克思主义、超越境遇主义者、超越现代性而且超越他理论本身。我们超越商品社会和它牢固的支持者们；我们超越景观社会和它掩饰的面具；我们向现代性告别，进入类的后现代社会。"① 鲍德里亚的消费思想揭示了当代资本主义社会关系的一些实质性问题，提出了值得深入研究和探讨的问题，对于推进消费社会的社会转型和可持续发展，具有重要的理论意义。

鲍德里亚把符号交换的重要性放在消费的核心位置，指出了消费对于社会、文化和身份所起的决定性作用。这个概念提醒我们，关注人们对于商品和服务的需求是很重要的，要关注消费者的文化背景和身份认同，认识到消费与个体的身份建构之间的紧密关系。鲍德里亚指出了符号消费的虚假性，即常常可以看到许多商品的实际价值与其表征的身份或者含义之间存在失衡、错位和干扰。这种虚假性为我们对商品和服务真正价值的认识提供了警示。我们需要认识到这些商品中蕴含的文化、情感、思想等内在因素，进一步反思和倡导有意义的消费方式。鲍德里亚认为，社会的生产与消费是密切相关的，他们通过符号交换的方式互相关联并影响。鲍德里亚通过对主流文化的批判，呼吁人们应该关注多元文化的存在和表达，消费者应该使用自己独特的方式定义自己的身份和价值观。这个思想启示我们不要盲目追求同质化的商品和服务，应该感受和挖掘自己的价值，以特定的方式塑造自己的身份与文化认同。"列斐伏尔的消费社会理论及其所显示的后现代性，都构成了鲍德里亚消费社会理论的研究主题。"② 鲍德里亚的消费思想通过对符号交换、虚假性、生产和消费之间的联系、多元文化和身份认同的思考，提出了消费社会研究的一些关键词汇和概念，为形成健康有效的消费范式提供了重要启示。

马克思的消费思想主要体现在他的《资本论》中。他认为，消费不仅是人类物质需要的满足，而且是资本主义经济体系中的一个重要环节。在现代社会，消费已经成为主要的经济活动。马克思认为，消费不仅是满足人类生存和发展的需要，也是创造商品价值的环节之一。换句话说，随着人们需要消费的商品和服务的不断增加，消费也成了创造价值的手段之

---

① 斯蒂芬·贝斯特，道格拉斯·科尔纳. 后现代转向 [M]. 陈刚，等译. 南京：南京大学出版社，2002：121.

② 肖·布希亚. 物体系 [M]. 林志明，译. 上海：上海人民出版社，2001.

一。这个思想在当代得到了很好的验证：当前的"个性消费"涉及多种复杂的文化和生产素材的组合，这种多维度的需求和多层次的价值创造符合马克思的消费思想。马克思指出，生产和消费之间是相互关联的。消费不仅能满足人类的需求，而且受到生产过程的影响。生产和消费的密切联系推动了产品、技术和服务等方面逐步升级与创新，促进了现代社会的繁荣和发展。同时，消费者的需求和行为也影响着生产者的决策与调整，他们需要结合市场需求来进行生产规划。马克思指出，随着生产力的不断发展，生产和产品的质量提高，消费的需求也发生了较大的变化。但是，资本主义的社会结构使得市场的真正需求与产品数量的对应关系发生了失调，这种危机在今天依然存在。尽管人们的生活水平显著提高，但是社会结构和经济分配的不公平现象造成了资源分配的大量浪费，从而导致消费无法真正满足社会的需求和有效地利用资源。总之，马克思的消费思想提醒我们：在当今瞬息万变的社会，消费的模式和价值创造的理念需要与时俱进，以适应未来的挑战。

马克思的消费思想在方法论上具有重要意义。他认为，消费不仅是人类物质需要的满足，也是资本主义经济的一个基本组成部分。马克思在《资本论》中着力关注人类的物质需求和实践。马克思认为，消费的本质在于满足个体的实际需求，帮助人们更好地生活。这种方法论启示我们，研究消费不应该只是浅尝辄止地了解消费者意愿和购买行为，而应该深入探讨人类的物质文化需要和实践活动，了解消费中的复杂性和多样性。马克思的消费思想可以帮助我们理解社会发展的深层逻辑和内在规律。对于消费的研究，需要抓住社会生产的潜在动力和根源，同时也需要考虑市场的规律和机制。对于消费的研究不应该停留于消费行为和需求的现象层面，而应该通过消费反映出的社会结构、文化、价值观等特征，进一步从更深层次上展开分析。马克思的消费思想强调了对于消费产生的根本性因素的思考，他关注的是资本主义生产关系和生产方式背景下消费的动态。研究消费一定要从时代背景和结构性问题着手，分析消费与社会发展的关系，把握消费活动对于资本主义的形成和影响。这种方法论告诉我们，做好消费研究必须要把握消费的生产和社会结构，认识到消费行为和社会结构之间的内在联系。马克思的消费思想具有开创性和启示性的意义。它让我们透过消费现象看到更为复杂和内在的社会运行机制，不断拓展和深化我们对于消费研究的视野。

在菲茨杰拉德的作品中，我们经常能够看到消费社会对人们生活的影响。异化是指人们在现代化社会中，由于机械化和分工的加剧，导致人与人之间的疏离和人们对生活的疏离感。在消费社会，人们变得更加关注物质财富和物质消费，不再真正关心彼此或自己的灵魂深处的情感需要。菲茨杰拉德作品中的人物通常都是富人，他们追逐财富和享乐，但最终却遭遇了失败和孤独。菲茨杰拉德的作品反映了当时的美国社会状况，呈现了一种追求金钱和物质的文化氛围，但又同时把握到了虚空背后的人性缺失。"消费什么也没有创造；甚至连消费者之间的关系也没有创造出来，有的只是消费。"[①] 菲茨杰拉德认为，在如此追求物质财富的社会里，我们必须关注生命的真正意义和价值，才能不被消费主义吞噬。菲茨杰拉德的整个创作，从某种角度看，是对美国社会现代化的反思和对世界发展趋势的忧虑。

鲍德里亚是一位文化社会学家，他在其著作《消费社会》中提出了符号世界的概念。鲍德里亚认为，现代社会是一个由符号交流和消费构成的符号世界，人们在其中通过各种符号来表达自我和塑造自我形象。同时，人们的社会地位和身份也常常是通过不同的消费来表现与认可的。这种消费社会对人们的心灵和社会价值观产生了巨大的影响。在符号世界中，人们认为自己的身份和地位取决于他们所消费的物品与品牌，这种追求外在形象的表现容易引发身份认同的偏差和疏离感。"……消费主义甚至还允诺它无法给予的东西，事实上，允诺的是一种幸福的普遍性：每个人都可以自由地选择，也就是说，人们被同样允许进入消费主义的商店，他们同样被允诺将得到幸福，这是欺骗性之一。"[②] 同样地，菲茨杰拉德作品中的人物也受到了这种社会条件的影响。在菲茨杰拉德的作品中，人物所追求

---

① HENRI LEFEBVRE. Everyday life in the modern world [M]. Transactions Publishers, 1994: 115.

② 包亚明. 游荡者的权力：消费社会与都市文化研究 [M]. 北京：中国人民大学出版社，2004：8.

的经常是这样的：金钱、社会地位和社交活动等符号象征都成为他们实现快乐生活目标的方式，而这种消费和追求最终却导致了心灵的空虚和孤独。"物并没有向我们说明使用者以及技术的实践，而更多地关注社会的主导与屈从，社会的变动和惰性，文化的交流与同化，以及社会的分层与分类。通过物，每个人和群体都在某种序列中找寻他/她的位置，同时根据个人的发展努力地挤入这一序列之中。通过物，一个分层的社会出现了……它试图将每个人放置到某个特定的位置上。"① 因此，通过鲍德里亚的符号世界理论，我们可以更深刻地理解菲茨杰拉德的小说中所反映的现代社会，以及现代社会消费主义文化对人们心灵的影响。

二、消费社会理论的发展及演变

消费主义的出现可以追溯到 18 世纪晚期和 19 世纪初期的英国。随着工业革命的兴起，英国的制造业迅速发展，商品生产成为经济发展的主要动力。同时，人们的物质生活水平也逐渐提高，需求也开始从基本生存需求转向更加个性化、多样化的需求。在这种情况下，广告业兴起，通过广告宣传的手段制造了消费者的欲望和幻想，驱动了商品生产和流通的速度与规模的扩大。另外，随着城市人口的增加和社交活动的增多，商业领域也变得越来越重要。商业机构开始提供多样化的产品和服务，这也促进了人们更加注重自身的形象和身份认同。20 世纪初，欧美工业革命和科技创新促进了工业生产与商品经济的迅猛发展，商品生产能力不断提高，商品数量和种类不断增多，市场竞争日益激烈。与此同时，传统的价值观和生活方式面临巨大的冲击与挑战。在这样的背景下，消费主义逐渐形成。消费主义强调消费过程和消费行为是生活与社会认同的重要组成部分，消费本身不仅是生产力发展的必然结果，更是生活方式和文化认同的象征与体现。消费主义倡导"消费就是生产"，使得商品不仅仅是满足生活基本需求的物品，而成了追求个性化、时尚化、品位化的代表性商品。消费主义

---

① JEAN BAUDRILLARD. For a critique of the political economy of the sign [M]. Telos Press, 1981: 38.

倡导个体主义和享乐主义，推崇追求物质享受和精神愉悦。消费主义对于经济和社会发展的影响是复杂、多方面的。一方面，它促进了商品生产和市场竞争，推动了经济的发展，为人民提高了生活水平和质量；另一方面，消费主义也导致了资源浪费、环境破坏和文化扭曲，对社会带来了一定的负面影响。

消费主义在20世纪后期逐渐向全球传播，通过国际市场的相互连接、跨国公司广告宣传和全球媒体的跨越性传播，消费主义的价值观快速传播。在这个进程中，美国和欧洲是消费主义的主要推手与引领者。随着经济全球化进程加快和生活水平不断提高，消费主义对全球范围内的经济、社会、文化等方面都产生了深远影响。发展中国家中的新兴中产阶层，成为消费升级的主要推动力，催生了消费品及服务的增加。同时，发达国家在国内市场饱和的情况下，开始将目光投向海外市场，通过跨国公司、品牌和产品的输出推广西方消费文化。然而，全球化过程中也存在一些问题。在一些发展中国家，过度追求物质享受的消费主义已经引起环境破坏、资源浪费、贫富分化等问题。此外，消费主义也加剧了所谓的文化冲突，造成了不平等的国际经济和文化现象。因此，消费主义在全球传播中需要注意平衡和可持续性发展的路径，以便为全球经济与文化发展做出更大的贡献。

美国现代大众消费社会的形成可以追溯到20世纪初。在经历了两次世界大战后，美国成为一个具有强大消费力的国家。在社会政治制度发生改变的同时，大量劳动力的涌入使得制造业得到发展。美国经济逐渐从以农业为主转向以服务业和制造业为主。此外，广泛使用了大规模生产的泰勒主义生产模式，也促进了消费主义的迅速发展。美国现代大众消费社会的形成与发展不仅在美国国内产生了巨大的影响，在全球范围内也产生了深远的影响。美国现代大众消费社会的消费观念和购物方式在全球广泛传播，成为当今全球文化的一个重要组成部分。美国的消费主义推动了全球的经济发展，尤其在发展中国家，更是成了主要的推动力量。大量的消费需求促进了更多的生产和贸易，使得更多的国家从经济上与其他国家互相联系并互相依赖。消费主义成为美国国内政治和外交的一种思想基础与工具。美国的现代大众消费社会挤占了全球范围内的资源。不断增长的人口和消费需求，对全球自然资源的消耗不断增加，导致了全球范围内的环境问题，包括全球气候变化和生态危机。美国商品文化传递到其他国家。这种文化传播并不总是被各国民众欢迎，在一定程度上还削弱了许多国家的文化自信心。"我们相信'消费'：我们相信一种真实的主体，被需求所驱动并将真实的物作为其需求获得满足的源泉。"[①] 美国现代大众消费社会的形成及对全球的影响是一个包罗万象的复杂过程。作为一种复杂的文化、社会、政治和经济现象，不能简单地从任何一个角度进行分析。需要综合考虑多种因素，从不同的角度深入了解美国现代大众消费社会的影响及未来的走向。

消费异化是马克思在《资本论》中提出的一个重要概念，指的是商业与广告等商品生产领域的一些现象和问题。马克思认为，商业和广告借助宣传、炒作等手段，使商品显得更加好，让人们产生虚幻的欲望，使人们成为商品的奴隶。在马克思看来，生产是为了满足人们的生活需要，但在资本主义社会中，商品生产已经不再是为满足人们需要而进行的，而是为了追求借助商品生产带来的利润而进行的。商业和广告等行业推销的商品，常常是对人的真正需要无效的东西，而它们引发的热潮又进一步导致人们对消费的追求。这种消费追求的过程造成了人和物的异化。人们沉迷于食品、肥皂、牙膏、衣服等商品，而忽视了对生态环境的保护。"自从18世纪以来，拜物教就指导了一场充满西方基督教以及人道主义意识形态色彩的剧目，成为由殖民主义者、人种学家和传教士共同演奏的一段交响乐。"[②] 马克思的消费异化批判体现了对人性本质和环境的思考，强调了在资本主义制度下商品生产和消费带来的不平等和利益冲突。同时，马克斯也提醒人们要充分认识、理性看待商品和消费，保护好整个社会的环境与资源。马克思关于消费异化的生态批判，为我们认识生态环境问题提供了重要的哲学思考。虽然马克思时代的消费异化已经与我们现代的商品生产

---

① JEAN BAUDRILLARD. For a critique of the political economy of the sign [M]. Telos Press, 1981：63.

② JEAN BAUDRILLARD. For a critique of the political economy of the sign [M]. Telos Press, 1981：88.

和消费方式有所不同，但是，他所强调的人与环境的关系、利益冲突及环境保护的必要性，仍对我们有很大的启示和引导作用。在当代资本主义社会，虚假宣传、炒作营销、资讯过剩等问题愈发突出，使人们不断陷入消费的旋涡中，对自然环境的影响也越来越大。马克思的消费异化生态批判理论提醒我们，在消费商品时要越过虚假的面纱，真正认识自己的需要，避免对环境的过度破坏和资源的无谓浪费。总之，马克思关于消费异化生态批判理论通过对商品生产和消费的深入分析，揭示了其产生的利益冲突及对环境的破坏，为我们提供了宝贵的思想，引导我们重视不良商业影响，回归真正的自我，践行环境保护的生态理念，促进社会的可持续发展。

劳动异化是导致消费异化的直接原因。在资本主义社会，生产不是为了满足人们的需要而进行的，而是为了追求利润而进行的。这意味着，生产过程中劳动者的劳动成果不再属于他们自己，而是被资本家占有和支配。资本家试图最大程度地压缩生产成本，以增加企业的利润。这种压榨式生产方式会使工人们长时间地进行机械化重复劳动，造成他们的个性和灵感的丧失，从而导致劳动者的劳动变得单调、枯燥、缺乏成就感。而为了维持利润，资本家们需要售卖更多的商品，采用广告、营销等手段将商品的虚假要素加以夸大，从而导致了消费异化的产生。消费异化的直接根源是劳动异化。只有解决劳动异化问题，才能从根本上解决消费异化问题。在解决劳动异化问题的同时，政府需要采取措施，包括对商业和广告行业的监管，强调商品和消费的理性，注重对生态环境的保护，促进社会可持续发展。

资本主义的私有制是导致消费异化产生的根本原因。在资本主义社会，少数人以私有制为基础占有并控制了生产资料，导致大多数人被迫出卖自己的劳动力去换取生存和发展的必需品。这种基于利润的生产方式，促使商品大量生产，能够最大程度地售卖更多商品，实现经济利益。然而，这种以利润为导向的生产方式所导致的结果，从消费者的这个层面来看，就是消费者得到的物品通常都是因为广告炒作、促销活动等一系列手段而被美化了的商品，这些包装过的商品让人们产生了虚幻的欲望，追求与自己实际需要不相符的、过分消费的商品，最终导致了消费的异化和物化。"在这样的意义下，物品已在适用范围之外，在特定的时刻里成为一种别有意义的事物，和主体深深联系，因此它不只是一个有抗拒性的物质体，而是成为一个我可以在其中发号施令的心之城堡，一件以我为意义指向的事物、一件财产、一份激情。"① 可见，资本主义私有制在根源上煽动了对个人和环境的剥夺与破坏，而消费者习得了对资源过度消耗的倾向，这是消费异化产生的最根本的原因。马克思主义认为，解决消费异化需要从制度层面出发，彻底打破资本主义私有制的影响，重塑公有化生产和分配制度，实现人们在生产中关于生产资料和生产成果的均等分配，这样才能真正消除商品的虚假美化，重构商品的生态与环保责任，保证人们的基本需求。

消费主义价值观是消费异化的思想根源之一。消费主义认为，个人的价值和幸福感是通过消费物品来体现的。因此，购买更多更昂贵的物品和享受更好的服务成为人们追求的生活方式，导致了对物质消费的过分追求和超前消费。人们越来越重视物质享受，而忽视了精神层面的需求和自我价值的实现。这种消费主义价值观往往导致了对于环境和资源过度的消耗、导致了生态危机。因此，当今社会需要强调责任、理性和可持续发展的价值观，呼吁人们不要把消费作为生活的唯一标准，而是在尊重环境、倡导可持续性的前提下去做出更为明智的消费决策，实现物质和精神的平衡，促进社会的均衡与可持续发展。

消费异化对经济和社会都产生了一系列的负面影响。首先，消费异化造成了不必要的资源浪费和环境破坏。为了满足人们的虚假需求，商业和广告企业会生产和推销更多的物品，导致资源的过度消耗和环境的污染，给生态系统造成了不可逆转的破坏。其次，消费异化还导致了贫富差距的加剧和社会的不平等。由于少数人通过资本主义私有制占有并控制了生产资料，导致大多数人则只能通过出售自己的劳动力来换取生存和发展的必需品，他们面临工作机会和收入的不公平分配，生活质量与机会受到了很大的限制。消费异化不仅反映了巨大的贫富差距，还对人们的价值观产生

---

① 尚·布希亚. 物体系 [M]. 林志明，译. 上海：上海人民出版社，2001：99.

了深远的影响。此外，消费异化还导致人们的消费越来越单一并失去了选择的权利，因为商业和广告企业更倾向于根据目标客户的消费行为和偏好来定位商品与服务，而不是真正满足消费者的个性化需求。这导致了市场上商品缺乏多样性，降低了消费者的满意度和忠诚度。最后，消费异化还导致了人们之间的关系的疏离和人与社会的疏离。人们过度追求物质生活和消费，而忽视了精神层面的需求和自我价值的实现，这会导致人际交往的减少、人文关怀的缺失和社会的疏离。这对于社会的和谐与稳定有着不小的影响。

消费异化造成了人与自然的背离。在消费异化的过程中，商品和服务被推销得越多，人们对于自然资源和环境的破坏就会越多。人类对自然的应对往往是从彼此的需求和动机出发的，因此当他们将视野狭窄化成为商品与租户时，通常会选择将他们视为生产力而非自然资源。例如，在广告和宣传中，消费者经常被奉劝去购买更多、更便宜的商品，但是很少谈到商品生产对环境的影响，或者生产商是否采取了可持续性措施。这种思维方式使得消费者对于生产和消费对环境与自然资源的负面影响缺乏真正了解和认识，从而往往更多地关注对自己生活的短期利益而非对自己生存所必需的环境的健康和保护。此外，消费异化使人类追求不断的经济增长，需要不断地索取和消耗自然资源，以获取更多的利润和市场份额。而这往往忽视了自然资源可持续发展的重要性，导致了环境污染和生态破坏，从而影响人类的生存与发展。因此，消费者应该倡导可持续消费，减少浪费，选择环保和社会责任型企业的产品与服务，给环保和社会公益留出空间。通过这些努力来让人与自然的关系变得更为和谐。

消费异化对人的自由全面地发展产生了极大的干扰与阻碍。首先，消费异化使人们变得过于依赖物质的满足和享受，忽视了人的内在需要和自我实现的重要性。很多人为了满足消费需求而追逐所谓的时尚和潮流，放弃了自己的热情与爱好，导致他们表面上虽然处于高消费的状态，但内心却严重失调和烦躁，无法得到自我满足与和谐发展。其次，消费异化造成了一系列的社会分化和竞争。在商品推销、品牌营销、广告炒作等商业活动的影响下，人们的消费倾向逐渐趋同，无数消费者战战兢兢，千方百计地与他人竞争通过消费来体现自我价值。人的价值和自我认同不应该完全被物质符号定义，这导致了人的自由思考和发展受到了限制。最后，消费异化让人们面临沉迷于消费和消费者行为的危机。社交媒体、电子商务以及虚拟消费环境的兴起，让人们逐渐丧失了阅读、创造的能力，成为被消费塑造的被动对象。长期以来，在商业的诱惑下，人们变得越来越缺乏创造力，对新事物的接受能力降低，这会对人的自由思考和全面发展造成严重的危害。因此，我们需要强调可持续的消费理念，鼓励人们关注内在的需求，培养独立思考、创造和行动的能力，追寻自由、全面、富有的人生。

消费异化有悖于社会和谐。消费异化是资本主义社会中的一种"装配式"生产模式，目的是以最高效的方式将商品生产出来，推销给消费者，从而获得最大的利润。而这种模式却容易导致社会的分化、剥削和冲突，从而使社会失去和谐的基础。首先，消费异化拉大了社会贫富的差距，使得社会变得越来越不平等。少数人通过资本主义私有制掌握了生产工具和资源，而大众无法直接掌控生产资料，只能通过出卖劳动力来换取生存所需，这会导致这部分人工资低、贫困等问题，从而进一步增加社会的不公平。其次，消费异化削弱了人与人之间的关系，降低了社会的凝聚力。在消费主义的逐利驱动下，很多人都变得自私、急功近利和缺乏同理心，这导致人与人之间的信任、合作和理解愈发困难。这可能会导致社会分化和冲突，从而影响了社会的稳定与和谐。最后，消费异化加剧了对环境的破坏和资源浪费，这对社会的可持续发展产生了负面影响。很多消费品的生产、包装和销售都给环境造成了巨大损害，如各类废弃物的大量排放、水土流失等。这不仅对人类造成了危害，也破坏了各个生态系统的平衡，给社会带来了无穷无尽的环境问题。总之，消费异化对社会的和谐发展产生了多层面的负面影响，在消费和生产过程中要努力构建更加和谐、公正和可持续的社会。

消费异化破坏了人与自然的关系。消费异化是一种强调商品和服务的生产与推销的经济模式，这种经济模式往往会导致社会对自然环境的破坏和对生态系统的资源过度消耗，进而影响人类与自然的关系。首先，消费异化使人们忽视了自然资源才是物质生产和有效消费的基础。在消费异化的过程中，消费者常常忽略了这些商品和服务背后的环境成本与资源消耗。这种倾向导致了资源的快速消耗和环境的破坏，导致了严重的生态危机。而这种生态危机又进一步削弱了人类与自然的联系。其次，消费异化加剧了人类对于自然失去感性体验的机会。人类的感性认知能力在实践中是通过直觉、观察、体验和情感等途径来获得的。但是，在消费异化的商品世界中，部分人会把自然当作商品的一部分，从而失去了对自然的感性认识。这样，人类对于自然的认知和感受逐渐丧失，也会使人类的环保意识逐渐减弱。我们应该关注自然、保护自然，积极参与环保行动，以便更好地维持人与自然之间的联系和平衡，保护和赋予自然持久的精神价值。

消费异化加剧了人与社会的矛盾，从而影响着社会的和谐。首先，消费异化模式强调的是商品和服务的高效生产与推销，而这种模式通常会导致生产和销售的专业化与精细化，直接导致了社会中的工作和职业领域的分化。社会中的个体和群体被分裂成一个个不同的类别，彼此之间越来越难以沟通和交流，从而进一步削弱了人与社会的联系。其次，消费异化让人们更加关注商品和服务的表面价值，而忽视了它们的社会和人文价值。人们往往只关注购买、享受、消费这些商品和服务所能够带来的个别快感，而忽略了商品背后所代表的社会价值和文化传承。这样，人们对社会的共同价值和道德底线的认可度降低，社会矛盾和冲突不断加剧。最后，消费异化保护了消费者的私人利益与其他人的利益分隔。购买、收入和消费所买到的商品和服务不仅代表个人，还代表个人所在的社会和文化背景，往往影响到他们与家庭、邻居、社区、城市和国家的政治关系。经济活动变成了人与人之间的零和游戏，人们在竞争过程中忽略了共享和合作的价值，使得社会关系变得紧张和失衡。为了缓解消费异化带来的社会矛盾，我们应该鼓励经济可持续发展，推进在制造与服务领域中的合作和横向发展，避免过分强调利益所带来的削弱关系的效应。我们应该推广互助和共同分享、资源共享的经济模式，尊重社会价值观和文化多样性，以及关注实践中的社会企业，并追求人本和公正的价值观。

消费异化使人与自身内在需求背离，导致人们更难以获得内在的平衡和满足感。首先，消费异化的商品文化强调消费者的身份和形象，以及个人与社会中的价值。在这个过程中，个人的自我意识与人类的自然感性和生理需要被忽视了。这样，人们越来越难以获得个人的自我肯定和情感共鸣，导致他们在内在世界中缺乏稳定和自信的支持，促使其走向焦虑和孤独。其次，消费异化带来的物质主义强调个人的财产和金钱，而不是"我是谁"或"我做了什么"。在这个过程中，人们会变得精神贫乏，因为过分强调消费和物质所带来的权力与满足感，导致人们忽视了人类内在的强大感受。这样，人们失去了自我控制力，从而造成自我背离的观念和行为。最后，消费异化带来的社会化压力影响了个人内在的自我感受和需求。消费主义文化往往暗示人们应该具备的外在形象，而不是实际需求和情感的需要。为了避免消费异化所带来的问题，我们需要建立一个更加注重个人和社会价值以及公正的经济环境；我们应该更加注重寻找内在满足和联系，在生产和消费中重视可持续性并强化社会基础架构的公平和发展；我们应该鼓励人们去寻求内在的价值并构建更加健康的社会文化。

消费异化生态批判的现实意义在于揭示了当前生产和消费方式对于生态环境和社会关系所带来的负面影响，促使人们重视可持续发展和加强生态文明建设。消费异化生态批判引领人们思考消费社会中的自我意识、价值观和消费行为，从而促使人们重视自然环境和生态平衡。它在理论上明确了生态问题与人类行为之间的密切关系，为人们在社会发展和生态关系中设计可持续的生态模式提供了重要启示。同时，消费异化生态批判理论也呼吁更多的人参与和支持生态保护和可持续发展的实践活动。消费异化生态批判是引导人们转变生产和消费方式，建立人与自然的和谐关系的重要理论支撑。社会只有通过对消费异化的深度认识，才能够更好地实现自我发展和社会可持续发展的共同目标。

消费异化生态批判有利于人与自然和谐共生。首先，消费异化生态批判揭示了物质主义和消费主义文化对自然环境造成的破坏。只有通过深入了解和认识消费异化现象，才能够进一步意识到人们对自然环境的过度损害，从而增强对环境保护的意识和责任感。其次，消费异化生态批判呼吁人们重视生态安全和生态平衡，推进生态文明建设。只有让人类与自然和谐共生，才能够保证生命和自然环境的可持续发展。消费异化生态批判鼓励人们践行绿色生活理念，通过对生态友好的生产和消费方式，不断减少对自然环境的危害。最后，消费异化生态批判推动人们转变消费观念，建立可持续的生产和消费方式，减少浪费和过度消费，优化能源和资源配置，进一步减轻人类对自然环境的负担和压力。人们只有意识到自己的行为对环境和自然的影响并采取相应的行动，才能够实现人与自然和谐共生。

消费异化生态批判有利于社会和谐发展。首先，在消费主义文化的影响下，人们的消费观念出现偏差，人们过度追求物质享受，这会导致社会贫富分化，加剧社会不平等。消费异化生态批判揭示了消费与环境的关系，从而推动人们对消费观念的重新审视，重视消费增长的可持续性，减少浪费，这将有助于社会财富的公平分配和促进社会和谐发展。其次，消费异化生态批判揭示了现代社会中个人与社会、自我意识与价值观的不协调。消费主义文化强调个人物质享受和身份认同，而对于自我意识、人格品质和社会责任感的重视程度较低，这导致人们的价值观和行为出现偏差，影响到社会经济和文化的发展。消费异化生态批判通过引导人们对个人价值和社会责任进行平衡思考，重视人性和内在需求，推动社会和谐发展，并提高了社会的文化品质和创新力。最后，消费异化生态批判呼吁人们通过环保和可持续建设实践行动，推动社会向着更加可持续与和谐的方向发展。这会促进环保产业和相关技术的发展，增加就业机会和激发经济活力，为社会和谐发展提供动力和基础。同时，生态和谐的社会环境也会对人们的身体健康和心理健康产生积极的影响，从而不断推动社会稳定和谐发展。综上所述，消费异化生态批判能够引导人们正确看待消费和生态之间的关系，推动社会向着更加可持续的方向发展。

消费异化生态批判有利于人的全面发展。首先，消费异化生态批判理论揭示了物质文明和人的心理、情感需求之间的脱节。在当代社会，人们的生活更多地受到物质和消费的影响，心灵和精神世界相对贫瘠。消费异化生态批判理论呼吁人们关注内在需求和快乐生活体验，通过文化学习、自我提升和心灵修养，促进人的全面发展。其次，消费异化生态批判鼓励人们转变消费观念，理性消费，保护环境和资源。这种消费观念更能够引导人们追求真正的、符合自己内在需求的生活方式，从而实现更高层次的人生价值。最后，消费异化生态批判理论提出了可持续发展的理念，呼吁人们在生产和消费过程中更注重生态和社会的平衡。这种理念不仅促进了经济的可持续发展，还有利于环境和人类社会的长远发展，推动人类从单纯追求经济发展转向全面发展。消费异化生态批判理论揭示了人与自然、物质和精神、社会价值和人文关怀等多重关系，同时也通过提出可持续发展的理念达到人与自然和谐共生的目标。

马克思主义生态哲学思想是基于马克思主义哲学和生态学的理论体系，旨在探讨人类社会与自然的关系，并构建人类与自然和谐共生的理论框架。马克思主义生态哲学思想以辩证唯物主义和历史唯物主义为基础，强调了人类社会的历史性和物质性，并将自然与社会作为一个不可分割的整体来看待。马克思主义生态哲学思想认为，自然与社会是相互依存、相互作用、相互转化的。这就要求我们在人类社会的发展过程中必须注重自然的边界和限制，保护和修复生态系统环境，实现人类与自然的和谐共生。马克思主义生态哲学思想也提出了许多重要的概念，如生态危机、生态建设、生态文明等。其中，生态危机理论是马克思主义生态哲学思想的重要组成部分，它强调生态系统的平衡性、稳定性和可持续性，强调人类社会对自然环境的破坏和生态资源的匮乏，进而表明当前人类面临的严峻环境问题。同时，马克思主义生态哲学思想也强调了人类的主体地位，一方面通过探讨人类社会历史变迁和生产方式的演进，指出了不同社会制度对环境和资源的影响；另一方面肯定了人类的创造性和实践力，强调了人类在生态问题解决中的主观能动性和创造性，同时也指出要真正解决生态问题必须依靠全人类的共同努力。马克思主义生态哲学思想是一种对人与自然和谐发展和生态环境问题的理论探索与科学思考。对我们推进可持续发展和建设生态文明建设，具有重要的理论和实践意义。

在生态学马克思主义视域下，强调人类与自然环境的整体连续性和相互依存性，探讨生态系统和人类社会的关系，突出了可持续发展和生态文明建设的重要性，提出了新的生活观。在生态学马克思主义视域下，生活观的研究重点在于探讨人与自然和谐共生的生活方式和生活态度，强调人类社会生存与发展依赖于生态环境。我们应该保护和修复生态环境，达到人与自然和谐共生的目的。马克思主义认为，人类是自然界最高级的生物，应该充分发挥人类的主观能动性和创造性。因此，其强调让人类与自然协调发展，让自然环境更好地满足人类物质和精神需求。在马克思主义视域下，要求社会追求自然资源开发利用，必须在社会公正合理的基础之上实现，不损害弱势群体的利益，不破坏生态平衡，从而达到可持续发展的目标。该思想强调全球生态系统是一个整体，人类应该承担起维护全球生态平衡、提高全球环境质量的责任。综上所述，生态学马克思主义视域下的生活观研究呼吁人们在日常生活中，要关注并尊重与自然的共生关系，增强生态文明意识，推动人类与自然的和谐发展。同时，也要促进社会公正，推动人类生态文明的可持续发展。

生态学马克思主义视域下的异化消费理论主要是指在人类社会生产和消费过程中，由于商品被异化，人与自然被异化，导致人类自身异化的现象。异化消费的本质是追求个人物质利益，盲目追求高消费、高浪费、高排放，无视环保和健康等因素，最终导致自己和自然环境的一系列问题。该理论提出了消费者与自然的密切关系，消费在一定程度上不仅影响个人生活质量，而且关乎整个自然生态系统和人类社会的可持续发展。因此，对于生态保护和可持续发展，我们应该深入理解和探究异化消费背后的原因和影响，及时采取有效措施实现生产和消费方式的转型升级。异化消费理论是建立在马克思主义哲学和生态学基础之上的理论，在一定程度上可以使人们有更清晰地认识消费与自然以及人与自然的关系。异化消费理论呼唤人们关注环保并落实到行动上，这既是一项使自己更健康的生活方式，也是对自然环境的一种保护。实践性强的理论更容易得到人们的认可。但是异化消费理论也有某些局限性，比如它过于看重个体消费对生态环境的影响，而忽略了生产体制、行业和经济增长对生态环境的影响。因此，仅有简单的消费转型是不足以解决生态环境问题的。综上所述，异化消费理论提出了一种探索人类与自然关系的途径，并呼吁人们在消费时以保护生态环境为前提。但它同时也需要与其他理论一起综合运用，并落实到实际生产和消费中，以实现人与自然和谐共生和可持续发展的目标。

菲茨杰拉德的作品反映了在繁荣的消费社会中，追求财富和享乐的人可能会陷入内心的空虚，这提示人们要反思过度追求物质享受是否真的能带来内心的满足。通过菲茨杰拉德作品中人物的行为，读者被引导去思考在消费社会中个体的道德取向以及社会的伦理标准、不同社会阶层的人在追求梦想和幸福的过程中可能面临的挑战与矛盾、社会对于成功和幸福的定义，以及美国梦是否真的对每个人都是可实现的。菲茨杰拉德的作品通过对消费社会的描述，引发了人们对于人类价值观、社会主义幸福观的深刻反思。菲茨杰拉德的作品提供了一种对消费社会现象进行批判性分析的途径，使读者在欣赏文学作品的同时，也能够对自身所处的社会有更为深刻的认识。

消费的起源和发展是一个漫长而复杂的历史过程，从最初的生存需要到如今广泛多样的消费行为，消费受到了历史、经济、文化和技术等因素的影响。在早期的人类社会中，生产和消费主要是为了满足基本的生存需求，如食物、衣物和住所。这个阶段被称为原始经济，人们以自给自足的方式生活。农业革命标志着社会生产方式的变革，人类开始进行规模化的农业生产，这导致了生产能力的提高，使得人们能够生产超过基本需求的物品，进而形成了交换。随着交换规模的扩大，人们逐渐意识到有一种普遍接受的交换媒介是必要的，于是货币出现了。货币的引入促进了更广泛和便捷的交换，也为消费提供了更灵活的手段。工业革命带来了生产方式的彻底改变，使得大规模生产成为可能。随着社会生产力水平的飞速提高，商品变得更加丰富且容易获得，人们的消费范围扩大了。广告通过塑造品牌形象、刺激购买欲望，对商品进行宣传，从而影响了消费者的选择和行为。20 世纪初期，大众文化的兴起进一步促进了消费社会的形成。随着电影、广播、电视等媒体的普及，以及快速发展的通信技术，让文化产品更容易传播。随着全球化和互联网的发展，商品和信息的流通变得更加迅速与广泛。人们可以轻松地购买来自世界各地的商品，同时互联网也为个性化和在线购物提供了平台。工业革命是消费社会形成的关键时期。18世纪末 19 世纪初，工业生产的大规模兴起导致了商品的大量生产。随着工业革命的推进，生产过程变得更加规模化，商品变得更加标准化。这促使了商品化的发展，人们开始更多地以购买商品的方式满足需求。随着商品的增多，广告和市场营销的兴起成为推动消费社会的因素之一。广告通过传媒手段塑造产品形象，激发消费欲望，使得购物不仅是满足需求，更成为一种文化体验。金融体系的不断发展为人们提供了更多的购买选择和支付方式。随着信用卡、分期付款等金融工具的普及，使得人们更容易进行消费，并更灵活地管理个人财务。随着中产阶级的崛起，人们对于物质享受和社会地位的追求增加，进一步推动了消费的兴起。20世纪以来，随着技术进步，尤其是互联网和通信技术的发展，为消费社会提供了新的动力。在线购物、社交媒体等工具使得商品信息和文化产品更容易传播，刺激了消费的多样性。文化产业、流行文化的兴起使得消费不仅是购买商品，还包括文化产品的消费，如音乐、电影、时尚等。

现代消费社会带来了一系列弊端，消费社会往往鼓励过度消费，导致资源的过度使用和浪费。大规模的生产和消费活动对环境产生了严重的影响，包括空气和水质污染、生物多样性丧失以及全球变暖等问题；消费社会中存在着明显的社会阶层差异，富裕阶层可以享受更多的资源和服务，而贫困人口可能面临基本生活需求的困扰；消费社会强调物质追求，但往往导致人们感到空虚和不满足。追求物质享受和炫耀的文化可能削弱了个体的内在幸福感；广告在消费社会中扮演着重要的角色，但有时可能通过操纵消费者的需求和欲望，导致不必要的购买和过度消费；过度关注物质追求可能导致人与人之间的社会关系疏远。人们可能更注重拥有物品而忽略了社交和人际关系的重要性；消费社会中流行的文化和品位可能导致文化同质化，削弱了多样性和个性化的表达；过度消费和购买不必要的商品可能导致个人和家庭债务问题，对经济稳定产生了负面影响；消费社会中的竞争和对外在的追求可能导致人们面临更大的社会焦虑和压力，影响身心健康。这些弊端表明，消费社会需要在追求经济增长的同时，更加注重人类幸福感，以构建更为可持续和健康的社会模式。

消费社会的未来演变涉及多个方面，包括技术进步、社会文化的变迁、可持续发展等因素。随着科技的不断发展，数字化和智能化将深刻改变消费模式。在线购物、人工智能助手、虚拟现实等技术将进一步改变人们购物和体验商品的方式。社会大众对环境和社会责任的关注将推动可持续消费的兴起,人们可能更关注商品的生产过程、材料来源和环境影响,选择更环保和对社会负责任的产品与服务。共享经济的发展可能会改变人们对物品所有权的观念。通过共享、租赁和分享服务,人们可能减少对一次性购买的需求,降低过度消费的压力。技术的发展使得产品和服务更容易定制,以满足个体需求。消费者可能更加重视个性化的体验和独特的商品,而不仅仅是大规模生产的标准化产品。人们对健康和福祉的关注可能导致对健康食品、健身设备和健康服务的增加需求。这可能改变人们对于食品和生活方式的选择。虚拟和增强现实技术可能为消费者提供更丰富、沉浸式的购物体验。虚拟试衣间、在线体验等技术可能改变人们购物的方式。随着新兴市场国家的经济增长和中产阶级的崛起,全球消费市场可能会经历结构性变化,影响产品和服务的需求。社会文化的变迁也会影响消费模式。在这些变革的同时,消费社会也需要应对挑战,如资源有限性、社会不平等、过度消费对环境的影响等。未来的消费社会可能更加注重平衡经济、社会和环境的可持续性,促进更为综合和健康的发展。

随着人们对环境可持续性的日益关注,消费者对于可持续、环保产品和服务的需求可能增加。这可能导致企业改变生产和供应链策略,减少对有限资源的依赖。共享经济和租赁经济的兴起可能改变人们对拥有物品的观念。人们通过共享、租赁,人们可能减少对一次性购买的需求,从而减缓过度消费的趋势。技术发展可能促使消费体验的数字化和虚拟化。虚拟购物、在线体验和数字服务可能改变人们与实体商品的互动方式。随着社会文化的演变,人们对物质追求和社会认同的价值观可能会发生改变,可能会出现更注重精神、社交、文化体验的消费模式。未来可能出现一些技术的颠覆性创新,如生产方式的根本性变革、3D 打印的广泛应用等,这些都可能对传统消费模式产生深远的影响。全球经济体系的演变可能会影响消费社会。经济危机、贸易紧张局势等因素可能导致人们更谨慎地对待消费,影响消费者的信心和购买力。

未来消费社会的研究方向涉及多个层面,包括社会、经济、文化、技术等。例如，①可持续消费：随着人们对环境可持续性关注的增加，研究可持续消费模式和绿色消费行为将成为热点，包括对可再生能源、环保产品、循环经济等方面的研究。②数字化和消费者行为：随着数字技术的快速发展，未来的研究将关注数字化对消费者行为的影响，包括在线购物、社交媒体的作用、人工智能助手等。③社会平等和包容性消费：对不同社会群体在消费领域的平等权益进行更深入的研究，关注社会文化对不同群体的消费机会和体验的影响。④共享经济：进一步研究共享经济模式，包括共享资源、共享出行、共享住宿等，以及这些模式对社会、经济和文化的影响。⑤健康和消费：关注消费与健康的关系，包括健康食品的市场、健康服务的发展以及人们在健康意识上的消费行为。⑥新兴技术的影响：研究新兴技术如虚拟现实、增强区块链等对消费体验和市场的影响力，以及这些技术如何改变商品和服务的交互方式。⑦文化和身份建构：进一步深入研究消费与文化、身份建构之间的关系，包括品牌文化、消费习惯和个体身份认同的交互影响。⑧全球化与本地化：考察全球化对消费模式和文化的影响，以及在全球化的同时，本地文化如何塑造和影响人们的消费选择。⑨社会变革和政治经济学：研究社会变革如何影响消费行为，以及政治经济学因素如何塑造消费社会。⑩教育与消费者素养：研究提高消费者对可持续性、社会责任等问题的认知水平，促进消费者更理性、负责任的消费行为。这些研究方向反映了未来消费社会面临的挑战和机遇。跨学科的研究将有助于深入理解消费社会的复杂性，并为社会、企业和政策制定者提供更好的指导。

参考文献

[1] 阿尔弗雷德·格罗塞. 身份认同的困境 [M]. 王鲲, 译. 北京: 社会科学文献出版社, 2010.

[2] 艾伦·杜宁. 多少算够消费社会与地球的未来 [M]. 毕聿, 译. 长春: 吉林人民出版社, 1997.

[3] 埃里希·弗洛姆. 健全的社会 [M]. 蒋重跃, 等译. 北京: 国际文化出版公司, 2003.

[4] 埃里希·弗洛姆. 人的呼唤: 弗洛姆人道主义文集 [M]. 王泽应, 等译. 上海: 上海三联书店, 1991.

[5] 埃里希·弗洛姆. 逃避自由 [M]. 刘林海, 译. 北京: 国际文化出版公司, 2002.

[6] 埃里希·弗洛姆. 占有还是生存 [M]. 关山, 译. 北京: 生活·读书·新知三联书店, 1989.

[7] 安东尼奥·葛兰西. 狱中札记 [M]. 曹雷雨, 姜丽, 等译. 北京: 中国社会科学出版社, 2000.

[8] 鲍德里亚. 生产之镜 [M]. 仰海峰, 译. 北京: 中央编译出版社, 2005.

[9] 包亚明. 游荡者的权力: 消费社会与都市文化研究 [M]. 北京: 中国人民大学出版社, 2004.

[10] 本·阿格尔. 西方马克思主义概论 [M]. 慎之, 等译. 北京: 中国人民大学出版社, 1991.

[11] 斯特恩斯·彼得. 世界历史上的消费主义 [M]. 邓超, 译. 北

京：商务印书馆，2015.

[12] 比尔·布莱恩. 大萧条前夜的繁荣与疯狂 [M]. 间佳，译. 南京：江苏凤凰文艺出版社，2021.

[13] 陈立新. 鲍德里亚消费社会理论存在论上的启示 [J]. 哲学动态，2008（1）：25-26.

[14] 陈昕. 救赎与消费：当代中国日常生活中的消费主义 [M]. 南京：江苏人民出版社，2003.

[15] 成伯清. 消费主义离我们有多远 [J]. 江苏行政学院学报，2001（2）：71-78.

[16] 程锡麟. 菲茨杰拉德研究文集 [M]. 南京：译林出版社，2014.

[17] 程锡麟. 菲茨杰拉德学术史研究 [M]. 南京：译林出版社，2014.

[18] 大卫·里斯曼. 孤独的人群 [M]. 王崐，等译. 南京：南京大学出版社，1989.

[19] 戴阿宝. 终结的力量：鲍德里亚前期思想研究 [M]. 北京：中国社会科学出版社，2005.

[20] 戴慧思. 中国都市消费革命 [M]. 黄菡，朱强，等译. 北京：社会科学文献出版社，2006.

[21] 丹尼尔·贝尔. 资本主义文化矛盾 [M]. 赵一凡，等译. 北京：生活·读书·新知三联书店，1992.

[22] 道格拉斯·凯尔纳. 波德里亚：一个批判性读本 [M]. 陈维振，陈明达，王峰，译. 南京：江苏人民出版社，2008.

[23] 道格拉斯·凯尔纳. 消费社会批判：法兰克福学派与让·波德里亚 [J]. 樊柯，译. 首都师范大学学报（社会科学版），2008（1）：44-47.

[24] 邓志伟. 弗洛姆对消费异化的伦理批判 [J]. 消费经济，2005（4）：73-77.

[25] 凡勃伦. 有闲阶级论 [M]. 蔡受百，译. 北京：商务印书馆，2002.

[26] 弗雷德里克·詹姆逊. 文化转向 [M]. 胡亚敏，等译. 北京：

中国社会科学出版社, 2000.

[27] 弗洛姆. 在幻想锁链的彼岸: 我所理解的马克思和弗洛伊德 [M]. 张燕, 译. 长沙: 湖南人民出版社, 1986.

[28] 费尔迪南·德·索绪尔. 普通语言学教程 [M]. 高名凯, 译. 北京: 商务印书馆, 1980.

[29] 高亚春. 符号与象征: 波德里亚消费社会批判理论研究 [M]. 北京: 人民出版社, 2007.

[30] 高亚春. 消费社会与马克思主义: 波德里亚的符号消费理论 [J]. 教学与研究, 2006 (1): 80-84.

[31] 马尔库塞, 等. 工业社会和新左派 [M]. 任立, 编译. 北京: 商务印书馆, 1982.

[32] 赫伯特·马尔库塞. 单向度的人 [M]. 张峰, 吕世平, 译. 重庆: 重庆出版社, 1987.

[33] 赫伯特·马尔库塞. 爱欲与文明 [M]. 黄勇, 薛民, 译. 上海: 上海译文出版社, 1987.

[34] 赫伯特·马尔库塞. 审美之维 [M]. 李小兵, 译. 桂林: 广西师范大学出版社, 2001.

[35] 黄继锋. 日常生活与马克思主义: 列斐伏尔的"日常生活批判" [J]. 教学与研究, 2006 (3): 53-58.

[36] 季桂保. 博德里拉的"消费社会"批判理论述评 [J]. 国外社会科学, 1999 (2): 50-55.

[37] 蒋建国. 西方消费文化理论研究的发展、演变与反思 [J]. 消费经济, 2005 (6): 84-88.

[38] 凯瑟琳·马什. 大萧条 [M]. 毕元辉, 刘也铭, 译. 北京: 中国画报出版社, 2020.

[39] 孔明安. 从物的消费到符号消费: 鲍德里亚的消费文化理论研究 [J]. 哲学研究, 2002 (11): 68-74, 80.

[40] 孔明安, 陆杰荣. 鲍德里亚与消费社会 [M]. 沈阳: 辽宁大学出版社, 2008.

［41］刘怀玉. 现代性的平庸与神奇：列斐伏尔日常生活批判哲学的文本学解读［M］. 北京：中央编译出版社，2006.

［42］刘怀玉. 消费社会批判：西方马克思主义的一次重要转向：以列斐伏尔为主线的研究［J］. 理论探讨，2005（2）：35-39.

［43］罗宾·科恩，保罗·肯尼迪. 全球社会学［M］. 文军，等译. 北京：社会科学文献出版社，2001.

［44］罗钢，刘象愚. 文化研究读本［M］. 北京：中国社会科学出版社，2000.

［45］罗钢，王中忱. 消费文化读本［M］. 北京：社会科学出版社，2003.

［46］骆建建，聂家昕. 符号消费理论研究：解析波德里亚的"消费社会"［J］. 北方论丛，2005（4）：142-144.

［47］罗兰·巴特. 符号学原理［M］. 王东亮，等译. 北京：生活·读书·新知三联书店，1999.

［48］罗兰·巴特. 流行体系：符号学与服饰符码［M］. 敖军，译. 上海：上海人民出版社，2000.

［49］罗兰·巴特. 神话：大众文化诠释［M］. 许蔷蔷，许绮玲，译. 上海：上海人民出版社，1999.

［50］罗小青，张双耀. 马尔库塞对消费异化的伦理批判及理论建构［J］. 中南大学学报（社会科学版），2007（2）：142-146.

［51］迈克·费瑟斯通. 消费文化与后现代主义［M］. 刘精明，译. 南京：译林出版社，2000.

［52］马克思，恩格斯. 马克思恩格斯选集：第1卷［M］. 北京：人民出版社，1995.

［53］马克思，恩格斯. 马克思恩格斯选集：第2卷［M］. 北京：人民出版社，1995.

［54］马克思，恩格斯. 马克思恩格斯选集：第3卷［M］. 北京：人民出版社，1995.

［55］马克思，恩格斯. 马克思恩格斯选集：第4卷［M］. 北京：人民出版社，1995.

[56] 马克思, 恩格斯. 马克思恩格斯全集: 第 3 卷 [M]. 北京: 人民出版社, 2002.

[57] 马克思, 恩格斯. 马克思恩格斯全集: 第 30 卷 [M]. 北京: 人民出版社, 1995.

[58] 马克思, 恩格斯. 马克思恩格斯全集: 第 31 卷 [M]. 北京: 人民出版社, 1998.

[59] 马克思. 1844 年经济学哲学手稿 [M]. 北京: 人民出版社, 2000.

[60] 莫少群. 20 世纪西方消费社会理论研究 [M]. 北京: 社会科学文献出版社, 2006.

[61] 齐格蒙特·鲍曼. 被围困的社会 [M]. 郇建立, 译. 南京: 江苏人民出版社, 2005.

[62] 乔治·卢卡奇. 历史和阶级意识: 关于马克思主义辩证法的研究 [M]. 杜章智, 任立, 燕宏远, 译. 北京: 商务印书馆, 1992.

[63] 鲍德里亚. 消费社会 [M]. 刘成富, 全志钢, 译. 南京: 南京大学出版社, 2014.

[64] 让·鲍德里亚. 物体系 [M]. 林志明, 译. 上海: 上海人民出版社, 2019.

[65] 苏特·杰哈利. 广告符码 [M]. 马姗姗, 译. 北京: 中国人民大学出版社, 2004.

[66] 孙国志. 马克思消费思想及其在当代中国的实践 [M]. 北京: 人民出版社, 2020.

[67] 特伦斯·霍克斯. 结构主义和符号学 [M]. 瞿铁鹏, 译. 上海: 上海译文出版社, 1997.

[68] 王宁. 消费社会学 [M]. 北京: 社会科学文献出版社, 2001.

[69] 王宁. 消费的欲望: 中国城市消费文化的社会学解读 [M]. 广州: 南方日报出版社, 2005.

[70] 王雨辰. 当代西方马克思主义社会批判哲学对现代性问题的研究 [J]. 中南财经政法大学学报, 2002 (4): 24-28.

[71] 王岳川. 博德里亚消费社会的文化理论研究 [J]. 北京社会科学, 2002 (3): 125-131.

[72] 吴宁. 日常生活批判: 列斐伏尔哲学思想研究 [M]. 北京: 人民出版社, 2007.

[73] 夏莹. 消费社会理论及其方法论导论: 基于早期鲍德里亚的一种批判理论建构 [M]. 北京: 中国社会科学出版社, 2007.

[74] 徐崇温. 怎样认识 "西方马克思主义" [M]. 重庆: 重庆出版社, 2012.

[75] 徐崇温. "西方马克思主义" [M]. 北京: 中国社会科学出版社, 2007.

[76] 许斗斗. 消费现象的社会批判: 对马克思与波德里亚之消费理论的比较分析 [J]. 马克思主义与现实, 2004 (6): 71-77.

[77] 仰海峰. 消费社会批判理论评析: 鲍德里亚《消费社会》解读 [J]. 长白学刊, 2004 (3): 53-58.

[78] 仰海峰. 消费社会与历史唯物主义的理论拓展 [J]. 河北学刊, 2005 (3): 128-131.

[79] 仰海峰. 走向后马克思: 从生产之镜到符号之镜: 早期鲍德里亚思想的文本学解读 [M]. 北京: 中央编译出版社, 2004.

[80] 杨魁, 董雅丽. 消费文化: 从现代到后现代 [M]. 北京: 中国社会科学出版社, 2003.

[81] 俞海山. 中国消费主义解析 [J]. 社会, 2003 (2): 25-27.

[82] 俞吾金. 现代性现象学: 与西方马克思主义者的对话 [M]. 上海: 上海社会科学院出版社, 2002.

[83] 俞吾金, 陈学明. 国外马克思主义哲学流派新编 [M]. 上海: 复旦大学出版社, 2002.

[84] 余源培. 评鲍德里亚的 "消费社会理论" [J]. 复旦学报 (社会科学版), 2008 (1): 15-22.

[85] 约翰·菲斯克. 解读大众文化 [M]. 杨全强, 译. 南京: 南京大学出版社, 2001.

[86] 尤战生. 流行的代价: 法兰克福学派大众文化批评理论研究 [M]. 济南: 山东大学出版社, 2005.

[87] 詹明信. 晚期资本主义的文化逻辑 [M]. 陈清侨, 等译. 北京: 生活·读书·新知三联书店, 1997.

[88] 章国锋. "文化工业"与"消费主义" [J]. 黑龙江社会科学, 2006 (1): 12-17.

[89] 张天勇. 社会的符号化: 马克思主义视阈中的鲍德里亚后期思想研究 [M]. 北京: 人民出版社, 2008.

[90] 张卫良. 20世纪西方关于"消费社会"的讨论 [J]. 国外社会科学, 2004 (5): 34-40.

[91] 张莜蕙, 李勤. 消费·消费文化·消费主义 [J]. 学术论坛, 2006 (9): 35-38.

[92] 张一兵. 文本的深度耕犁: 西方马克思主义经典文本解读 (第一卷) [M]. 北京: 中国人民大学出版社, 2004.

[93] 张一兵. 社会批判理论纪事: 第一辑 [M]. 北京: 中央编译出版社, 2006.

[94] 郑春生, 李宏图. 论马尔库塞对消费社会的批判 [J]. 求索, 2008 (3): 85-87.

[95] 郑红娥. 消费社会研究述评 [J]. 哲学动态, 2006 (4): 69-72.

[96] 郑红娥. 消费社会理论反思 [J]. 南京社会科学, 2006 (7): 95-101.

[97] 郑红娥. 中国的消费主义及其超越 [J]. 学术论坛, 2005 (11): 115-119.

[98] 郑红娥. 社会转型与消费革命: 中国城市消费观念的变迁 [M]. 北京: 北京大学出版社, 2006.

[99] 周穗明. 20世纪西方新马克思主义发展史 [M]. 北京: 学习出版社, 2004.

[100] 朱晓慧. 新马克思主义消费文化批判理论 [M]. 上海: 学林出版社, 2008.

[101] DOUGLAS KELLNER. Jean baudrillard: from marxism to postmodernism and beyond [M]. Stanford University Press, 1989.

[102] FITZGERALD, SCOTT. Tender is the night [M]. Beijing: China Aerospace Press, 2012.

[103] FITZGERALD, SCOTT. The beautiful and damned [M]. Beijing: China Aerospace Press, 2012.

[104] FITZGERALD, SCOTT. The great gatsby [M]. Beijing: China Aerospace Press, 2013.

[105] FITZGERALD, SCOTT. This side of paradise [M]. Beijing: China Aerospace Press, 2012.

[106] GRANT MCCRACKEN. Culture and consumption [M]. Diana University Press, 1990.

[107] HENRI LEFEBVRE. Everyday life in the modern world, Trans. Sacha Rabinovitch [M]. Transaction Publishers, 1994.

[108] LEISS WILLIAM. Social communication in advertising: consumption in the mediated market place [M]. London: Routledge, 2005.

[109] MAX HORKHEIMER, THEODOR W. ADORNO. Dialectic of enlightenment: philosophical fragments, trans. edmund jephcott [M]. Standford University Press, 2002.

[110] MIKE POSTER. Jean Baudrillard: selected writings [M]. Stanford University Press, 1988.

[111] PETER CORRIGAN. The sociology of consumption: an introduction [M]. Sage Publications, 1997.

[112] RICHARD J LANE. Jean Baudrillard [M]. London: Routledge, 2000.

[113] THEODOR W ADORNO. The culture industry [M]. London: Routledge, 2002.

[114] THEODOR W ADORNO. Aesthetic theory [M]. The Athlone Press, 1997.